PAYEZ LE PASSEUR

PAYEZ LE PASSEUR

Volume II

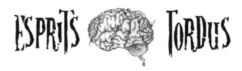

Copyright © 2022 Esprits tordus
Copyright © 2022 David Bédard

Tous droits réservés. Sauf à des fins de citation ou de critique littéraire, toute reproduction est interdite sans l'autorisation écrite de l'éditeur.

Révision éditoriale : Elisabeth Tremblay
Conception de la couverture : Émile Lafrenière
Conception du logo : Dominic Desforges
Mise en pages : David Bédard

ISBN livre : 9798836423933

Première impression 2022

Titre : Payez le passeur

Auteurs : David Bédard
Patrice Cazeault
Sylvain Johnson
Oliver KrauQ
Éric Quesnel

Table des matières

Préface..1

Le Briquet...5
Oliver KrauQ

Le Sang de mon peuple............................49
Patrice Cazeault

Le Dernier tour de piste...........................93
Sylvain Johnson

Cauchemars..135
Éric Quesnel

Paisible Étreinte...................................173
David Bédard

Fiches des auteurs..................................221

Préface

Esprits tordus est un concept très simple, que j'ai imaginé voilà bien longtemps, déjà. Les auteurs qui y participent ont carte blanche pour donner vie à l'histoire horrifique de leur choix, sans thématique ni restriction. Tueur en série, possession, policier, créatures meurtrières... tous les genres *dark* sont acceptés, les plus *soft* comme les plus *trash*.

Une seule exigence pour participer : écrire une histoire qui fera tripper l'auteur une fois installé à son clavier. Créer ce qu'il a le goût de créer, sans se poser de questions.

Dans ce second tome, vous aurez la chance de lire les récits d'auteurs que j'admire énormément! C'est un immense honneur pour moi qu'ils fassent tous partie du projet. (Après quelques heures de torture et plusieurs menaces, mais quand même...)

Sur ce, allez faire un tour en forêt une fois la nuit tombée sans avertir qui que ce soit, trouvez-vous un *spot* où on entend des loups hurler, remplissez vos bobettes de steak et écrasez-vous confortablement avec votre livre.

De la part de tous, je vous souhaite une
déstabilisante lecture...

DB

Sometimes, dead is better...

- Jud Crandall, Pet Sematary

Le Briquet
Oliver KrauQ

Loïc Marceau rêvait d'un job tranquille et il avait atteint son but. Il travaillait pour la RATP. Non pas comme agent de contrôle, encore moins comme conducteur de métro, mais au bureau des objets trouvés. Les Parisiens les plus moqueurs aimaient à qualifier le sigle de la Régie Autonome des Transports Parisiens d'une définition sarcastique : Reste Assis T'es Payé. Il se devait d'avouer que tout n'était pas faux dans cette désignation railleuse. Horaires de bureau arrangeants, charges de travail minimes, risques et stress inexistants : son quotidien consistait à enregistrer les formulaires des quidams qui rapportaient des objets perdus, le plus souvent des parapluies ou des sacs à dos. L'article était ensuite stocké quelques jours à deux ou trois semaines dans les locaux de son département, avant d'être envoyé au service dédié de la ville de Paris : rue des morillons.

En de rares occasions, une trouvaille insolite venait grossir la liste exhaustive des curiosités qui alimentaient les discussions à la machine à café. La dernière en date :

une robe de mariée, retrouvée sur la ligne 13. La plus étrange ? Une urne funéraire. Entre ces deux cas extrêmes, on se remémorait un vibromasseur, une planche de surf, ou encore plus saugrenue, une prothèse de jambe.

La légende urbaine voulait que le découvreur (« l'inventeur » étant le terme adéquat) d'un objet rapporté à son service en devînt le légitime propriétaire s'il n'avait pas été réclamé au bout d'un an et un jour. Impossible de savoir d'où venait cette durée, aucun article de loi n'en faisait mention dans le Code civil. La période légale prônait trois années pleines.

Évidemment, Loïc avait signé une convention lui interdisant de récupérer à son compte un objet perdu. Il risquait le licenciement pour faute grave en cas de manquement.

Une boîte en granit, plutôt lourde et fermée par un loquet à code, avait été retrouvée par un agent de sécurité qui patrouillait dans la gare du Nord. Aucune marque distinctive ne décorait le couvercle. Il était lisse comme un cul de bébé. Le coffret avait alors provoqué une fascination irrépressible sur Loïc. Il brûlait de connaître son contenu. La combinaison pour l'ouvrir ne comportait que trois chiffres, ce qui réduisait grandement les possibilités. Il s'était attelé à tester chaque nombre pour enfin réussir à le déverrouiller.

Le code correspondait au plus simple des mots de passe : 1 – 2 – 3. Tant pis pour l'ancien propriétaire. Loïc en serait le nouveau, il se l'était promis. Il en avait fait le serment au moment même où le contenu se révéla à lui. Un briquet de type Zippo, orné d'une pierre noire comme l'ébène, reposait dans un écrin de velours.

Son collègue, aussi curieux que lui, se désintéressa très vite de cette découverte, finalement déçu de sa banalité. Mais Loïc ne voyait pas cette trouvaille du même œil.

Du bout du doigt, il toucha le joyau. Une décharge étrange lui engourdit toute la main, une douce sensation, imperceptible et pourtant bien réelle. Une impression de bien-être et de puissance l'enveloppa. Il eut même l'impression que le briquet lui chuchota des paroles dans une langue inconnue.

Il lui fallait ce briquet.

En examinant de plus près l'objet, les initiales L.M., gravées sur le haut du couvercle, se fondaient dans le noir du briquet. Une phrase illisible se trouvait de l'autre côté de la pierre polie. D'une manipulation habile, il glissa l'objet dans sa poche, referma son écrin et brouilla les chiffres de la combinaison. Il mentit ensuite sur le rapport documentant la description de l'objet trouvé, en déclarant ignorer le contenu de la boîte.

L.M… pour Loïc Marceau, bien sûr… On pouvait dire que le monde était bien fait.

Jamais Loïc n'attendit la fin de sa vacation avec autant d'impatience, même lorsqu'il s'agissait du dernier jour avant les vacances.

Son nouveau trésor méritait une utilité autre que décorative, et sans hésiter, il acheta un paquet de *Marlboro Light* au tabac d'en face, effaçant ainsi quatre années de fierté d'avoir arrêté de fumer. La première bouffée lui brûla les poumons et il n'aimait pas la sensation ni le goût que lui laissait dans la bouche son ancien poison, mais à peine la première clope terminée, qu'il en ralluma une autre. Chaque fois qu'il faisait sauter le couvercle avec classe, avant d'actionner la molette pour appeler la flamme, il ressentait une nouvelle confiance en lui, une confiance qui lui faisait tant défaut dans sa vie quotidienne. Loïc représentait l'archétype de l'homme discret. Ni timide ni introverti, il entrait dans la case « pas de vagues », le genre de bonhomme qui traverse la vie sans heurts, sans éclats, presque de manière invisible. Cette vie tranquille lui convenait. Du moins le pensait-il !

Le passage à l'heure d'hiver avait précipité la tombée de la nuit. Il décida de déambuler dans les rues de la Ville lumière plutôt que de rentrer directement chez lui : personne ne l'y attendait de toute façon. Sa maladresse et sa naïveté chronique avec la gent féminine en avaient fait un célibataire endurci. Mais pas ce soir. Ce soir, il se sentait capable de séduire n'importe quelle reine.

Au détour d'une rue moins peuplée, tandis qu'il se rendait sur les Champs-Élysées, un clochard l'interpella pour glaner une petite pièce.

— Siouplé, m'sieur. Il commence à faire froid, j'ai besoin de me réchauffer !

Loïc pencha la tête pour observer ce nécessiteux.

Apporte-lui la lumière, délivre-le, rends-lui sa dignité…

Le briquet semblait vibrer dans sa poche. Loïc le serrait de toutes ses forces. Il lui parlait, le conseillait, lui demandait de faire le Bien.

Baptisé à la naissance, Loïc s'était désintéressé de la religion juste après sa communion, communion qu'il consentit pour faire plaisir à sa mère (et surtout pour les cadeaux). Cependant, il refusa la confirmation et se détourna des affaires divines : le monde ne pouvait pas aller si mal s'il existait un Dieu.

Sauve-le de sa condition, apporte-lui la Rédemption…

Mais cette voix dans sa tête, comment était-ce possible ? Bienveillantes, séduisantes, les paroles appelaient à agir. Avait-il fait fausse route toute sa vie ?

Comment ? pensa très fort Loïc qui espérait une réponse.

Tu sais comment, tu as l'outil, sers-t'en…

Et l'outil frémit dans sa main. Cette sensation de bien-être l'enveloppa à nouveau, cette fois associée à un sentiment de puissance. Tout devint limpide. L'Humanité avait perverti les notions de Bien et de Mal.

— Je n'ai pas de monnaie, mais je peux aller vous prendre quelque chose. Un café ? Ou p'tet un peu d'alcool pour vous vivifier ?

Un éclat de gratitude, mêlée à de l'envie, s'alluma dans le regard du malheureux.

— C'pas d'refus, m'sieur.

— Très bien, je reviens, annonça Loïc.

Il avait repéré une petite supérette dans la rue voisine. Il s'installa sur le trottoir opposé et fuma une cigarette tranquillement, savourant l'instant. Comment avait-il pu gâcher sa vie dans un emploi de fonctionnaire sans intérêt ? Et dire que c'était son rêve de toujours et qu'il se félicitait de l'avoir atteint. Ce qu'il pensait être une vie tranquille ne correspondait qu'à une pathétique façon d'attendre la mort. Non. Son destin était tout autre, il le savait maintenant. Et la chaleur qui se dégageait du briquet en était la preuve irréfutable. De son pouce, il caressait machinalement la pierre précieuse.

Loïc jeta son mégot, traversa la rue et acheta une flasque de Gin.

Sois prudent, les païens ne pourraient pas comprendre ta mission…

Bien sûr ! Il devait agir avec précaution. Il paya en cash et s'empêcha de regarder en face la caméra de surveillance fixée au-dessus de la tête du caissier.

Excité par la bonne action qu'il s'apprêtait à accomplir, il gambada jusqu'au coin de la rue où le pauvre hère somnolait, maintenant engourdi par le froid. Loïc ne ressentait pas la chute de température. Les ondes produites par le briquet le faisaient bouillir, exalter. Une légère transpiration recouvrit son front.

Accomplis ton destin, libère-le de sa condition…

Il s'approcha doucement.

– Vous r'voilà m'sieur, déclara le clochard, heureux de ne pas avoir été berné, comme si souvent.

Loïc tendit la petite bouteille de Gin dont il avait dévissé le bouchon au préalable. Le liquide se répandit sur l'homme et sur les cartons dont il se servait pour se protéger, et imbiba ses vêtements.

Vas-y ! Maintenant ! Apporte-lui la lumière !

– Tain, t'es con toi ! grogna le clochard.

Maintenant !

Loïc eut un moment d'hésitation, un léger doute qui s'immisça dans son esprit. Il le chassa d'un mouvement rapide de la main, tandis qu'il enflammait inconsciemment la mèche du Zippo dans le même temps. Un simple effleurement sur le mendiant suffit…

Quelques flammèches prirent sur le manteau du malheureux. Loïc Marceau se recula dans les ombres pour contempler son œuvre. Il s'alluma une cigarette, à défaut d'avoir du pop-corn, et s'apprêta à admirer le spectacle. Soudain, tandis que l'homme tentait d'étouffer le début d'incendie, l'alcool s'embrasa. Transformé en torche humaine, il battait inutilement des bras dans une pathétique tentative d'éteindre la fournaise. Puis sa barbe et ses longs cheveux gras et mal peignés prirent feu à leur tour. Il hurla. Le manteau de mauvaise qualité qui l'habillait se mit à fondre sur sa peau. Les flammes en disparurent assez vite tandis que la matière liquéfiée et collante agissait comme de l'acide sur les chairs à nues. Les hurlements du brûlé attirèrent quelques passants qui restèrent à distance, incapables de lui venir en aide. Puis le feu reprit, et le brasier humain illumina toute la ruelle. L'odeur de chair carbonisée se répandit dans les rues adjacentes et les sirènes des véhicules de secours ne tardèrent pas à résonner. La silhouette inerte qui continuait de se consumer lentement fut enfin recouverte par une couverture, lorsqu'un habitant un peu plus téméraire que la moyenne intervint.

Loïc Marceau tourna les talons et reprit sa route, les larmes aux yeux de joie, satisfait d'avoir apporté la lumière à une âme perdue. Bien sûr que la souffrance était fâcheuse, mais inévitable pour la purification.

Lorsqu'enfin il rentra chez lui, il savait déjà qu'il se ferait porter pâle le lendemain. Impossible d'aller au travail alors qu'il avait tant à faire. La commande pour une pizza passée, il se relaxa sous la douche. Le sentiment d'avoir accompli une bonne action ne le lâcha plus de la soirée. Il retourna le briquet entre ses doigts, encore et encore, pour soudain découvrir que la phrase illisible ne l'était plus tant que ça. En effet, la lettre L apparaissait maintenant clairement.

— L, prononça-t-il à haute voix.

Tu es l'élu !

— Que dois-je faire maintenant ?

Tu le sauras, tu es l'élu…

Une vie de solitude à se contenter de menu plaisir alors que la destinée lui promettait un avenir hors pair. Il s'autorisa même une petite prière pour remercier qui de droit de la chance qu'on lui accordait. Il fut surpris de constater comme les paroles revenaient naturellement alors qu'il ne les avait plus prononcées depuis son adolescence.

Encore un signe !

Loïc se glissa dans son lit avec le sourire. La satisfaction d'avoir trouvé sa place dans le monde. Il n'imaginait pas être touché par la grâce en se levant le matin même, et devenir porteur d'une mission presque messianique. Un sommeil serein l'invita à un repos bien mérité.

La luminosité qui l'englobait aurait brûlé les yeux de n'importe qui. Même lui peinait à supporter son intensité. Mais là n'était pas sa préoccupation. Il chutait, son corps ressentait la vertigineuse descente qui n'en finissait pas. Pourquoi ne pouvait-il pas voler ? N'avait-il plus ses ailes ? Non. Il continuait de tomber vers l'inconnu. La peur le saisit aux entrailles. Ce blanc immaculé qui l'enveloppait ne lui permettait pas de se repérer. L'environnement tendait maintenant vers l'opale. De légères touches bleutées apparaissaient par moments, à mesure que sa chute gagnait en vitesse. Le son devenait insupportable à ses oreilles et le frottement de l'air commençait à chauffer sa peau. La peur se changea en terreur. Il fonçait vers la mort. Pouvait-il mourir ? Pas qu'il se le rappelle. Alors il se précipitait vers quelque chose de pire… il ne pouvait en être autrement…

Loïc Marceau s'éveilla en sueur. Il ne hurla pas, mais sa respiration saccadée traduisait les sensations encore présentes qu'il avait éprouvées pendant son cauchemar. Instinctivement, il tâtonna la table de nuit à la recherche du briquet. Son cœur rata un battement lorsqu'il ne le trouva pas. Comme un junkie qui venait de perdre sa dose, l'angoisse qui le saisit de sa main glaciale le tétanisa. Il se pencha pour constater qu'il était tombé sur la moquette. Lorsque ses doigts se posèrent sur le métal noir et froid du Zippo, une chaleur s'en irradia soudainement, redonnant vie, confiance et soulagement à chaque fibre de son être. Il se laissa retomber lourdement sur son matelas.

Il est temps…

Il faisait encore nuit, mais il n'avait pas une seconde à perdre. Une nouvelle mission l'attendait et il comptait bien ne pas décevoir son commanditaire.

Habillé chaudement pour affronter les premières gelées nocturnes, il prit la route pour la Normandie, par l'autoroute A13. Avec une circulation réduite au minimum dans ce sens, et à cette heure, Loïc eut l'impression d'être seul au monde. Le briquet palpitait dans sa poche. Son contact le rassurait. Il se réjouissait déjà de la bonne action qu'il allait à nouveau accomplir.

Bien que son autoradio crachât des tubes des années 2000 en boucle, et qu'il chantait à tue-tête d'une voix de fausset, mais tellement heureux de sa nouvelle vie, il perçut distinctement les instructions à suivre : une aire de repos, une station-service *Shell*, un camping-car.

Le briquet pulsait au même rythme que la musique et les directives semblaient s'adapter aux paroles de la chanson qu'il écoutait.

Le panneau indiquant « Aire de Rosny-sur-Seine » à 2000 mètres, et les différents logos signalant de l'essence et un parking pour campeurs, validaient la promesse attendue. Une faible activité animait le lieu au milieu de la nuit : là, un homme en costume qui repartait vers on ne sait quelle destination, ici un chauffeur routier qui buvait un café pour ne pas s'endormir, là encore, une jeune femme qui faisait le plein de sa voiture tandis qu'un caducée sur le parebrise signalait qu'elle était infirmière. Loïc en profita pour remplir son réservoir, ainsi qu'un bidon d'essence supplémentaire, avant de rouler au pas vers les véhicules en stationnement, parqués pour la nuit. Seuls trois camping-cars séjournaient près des tables en bois et des sanitaires, mais Loïc sut immédiatement duquel il devait s'occuper.

Apporte la lumière, apporte la vérité…

Comme hypnotisé par cette voix qui l'accompagnait seulement depuis la veille, il se gara un peu plus loin et attrapa le bidon. *Seulement hier*, pensa-t-il. À nouveau, un doute s'installa dans son esprit, un doute qui l'interrogeait sur ce qu'il s'apprêtait à faire et pourquoi ? Pourquoi lui ?

Car tu es l'Élu…

Il déboucha le jerrican.

Tu es l'Élu pour libérer les païens de leur condition…

Il aspergea la camionnette de liquide inflammable.

C'est ta destinée…

Cette sensation d'être dans un rêve, d'en sortir, d'y retourner ne cessait de le poursuivre. Heureusement que la voix le remettait sur le droit chemin, sur le bon chemin, éliminant les affres du blasphème. Comment osait-il douter de cette parole divine ? Il avait passé sa vie à la gâcher, comme le monde entier, et voilà qu'il tergiversait lorsqu'il s'éveillait enfin de la somnolence de son existence.

Il sortit le briquet de sa poche et fit sauter le couvercle où les initiales L.M. semblaient phosphorescentes. Loïc Marceau. Il contempla l'objet une minute, absorbé par la pierre précieuse. La lumière blafarde que diffusait le lampadaire au-dessus de lui se reflétait faiblement sur la surface polie de l'onyx. Une brume tourbillonnait à l'intérieur.

Maintenant !

Au moment où il fit jaillir la flamme, son hésitation disparut comme par enchantement, comme pour le clochard, devant cette nouvelle certitude qu'il faisait le Bien.

L'essence s'embrasa en une seconde et la vague de chaleur qui s'en dégageait l'obligea à reculer. Le brasier illuminait les environs. *Que c'est beau*, se surprit-il à penser. Il retourna à sa voiture, démarra le moteur sans toutefois allumer ses phares et attendit. Le camping-car commença à tanguer, donnant l'impression qu'une main géante secouait une torche dans l'obscurité, libérant quelques flammèches qui s'écrasèrent sur le macadam. Cela remuait à l'intérieur. Loïc tâtonna la poche de sa veste pour se fumer une cigarette. Il allait devoir en racheter. La porte latérale s'ouvrit, laissant apparaître une silhouette carbonisée et fumante qui s'écroula sur le bitume. Une seconde forme encore en feu ne put s'échapper et Loïc sut qu'il était temps pour lui de quitter les lieux.

Une main sur le volant et l'autre serrant le briquet, il constata que les lettres E et P apparurent.

« LE P ».

Il sourit. Il savait maintenant qu'il aurait les réponses à ses questions lorsque le message serait complet.

*****

Les deux inspecteurs assignés au meurtre du SDF pouvaient compter sur toutes les ressources disponibles pour leur enquête. Bien que la mort d'un clochard passât inaperçue dans la plupart des cas, l'assassinat de celui-ci indigna une partie de l'opinion publique. Les chaînes d'informations en continu et la une des journaux ne traitaient plus que de cette affaire. C'était toujours le cas lorsque l'actualité était si pauvre qu'un fait divers particulièrement ignoble pouvait se retrouver sous les feux des médias.

— On a tous les témoignages ? demanda Lorenzo.
— Oui.
— Et juste un seul signale quelqu'un qui fuit la scène du crime ?
— Oui.

— Il nous faut les bandes de la vidéosurveillance, pour essayer de l'identifier et de retracer son itinéraire, espérons avoir de la chance.

— Oui, répondit une fois de plus Edward.

— Tu sais dire aut' chose ? s'agaça Lorenzo.

L'autre haussa les épaules pour ne pas répondre un énième « oui ».

— Il faut chopper ce salaud le plus vite possible avant qu'il ne crame un autre clodo !

— Tu crois qu'on a affaire à un tueur en série ?

— Je n'espère pas, mais cette histoire est vraiment étrange, j'aime pas ça…

— Ouais, p'tet, ajouta Edward, quelque peu sceptique.

Edward Nivet et Lorenzo Marchesi travaillaient dans le même bureau au 36. Après le déménagement de la brigade criminelle, porte de Clichy, seul le numéro avait été gardé pour rappeler le 36 quai des Orfèvres, rendu célèbre pour de non moins retentissantes affaires comme la traque de Mesrine par le commissaire Broussard ou celle de Guy Georges plus récemment. Mais ce nouveau lieu perdait le charme du cachet d'antan. Cependant, le matériel et les moyens mis à la disposition des enquêtes surpassaient l'ancien 36.

— Tu as fait une demande pour le bornage des téléphones ? demanda Edward.

— Pas encore, tu t'en occupes ?

— Ça roule.

Ils avançaient à tâtons.

Leur supérieur, agissant directement sous les ordres du ministre de l'Intérieur, leur avait confié cette affaire. Depuis le premier journal télévisé de la matinale, le sujet tournait en boucle et un suspect devait rapidement être placé en garde à vue pour que la population soit rassurée, même s'il ne s'agissait là que de la poudre aux yeux pour gagner des points de confiance auprès du peuple.

Lorenzo détestait lorsque la politique se mêlait aux enquêtes. L'institution était gangrénée par des luttes de pouvoir, la mainmise des magistrats qui s'arrogeaient des prérogatives qu'ils n'avaient pas, et pour couronner le tout, le commissaire divisionnaire dont il dépendait directement représentait le pire connard qu'il n'ait jamais rencontré. Mais d'aussi loin qu'il se rappelait, servir dans la police figurait son choix de vie. La conviction chevillée au corps faisait de lui un enquêteur hors pair, félicité de nombreuses fois par sa hiérarchie pour son engagement et son travail.

— Un camping-car a été incendié sur une aire de repos de l'A13 en fin de nuit ! annonça un de leur collègue, qui entra en trombe dans le bureau. Le couple à l'intérieur a été carbonisé.

— Quoi ? dirent à l'unisson Lorenzo et Edward.

— Un mec s'est levé pour pisser au même moment et a vu l'assassin balancer de l'essence sur le véhicule, y foutre le feu avant de se barrer. Il n'a pas pu relever le numéro de la plaque. La brigade scientifique est en route pour faire tous les relevés. Cela ressemble à votre histoire avec le clodo d'hier soir.

— Tu crois que c'est notre gars ? questionna Edward.

— J'en suis sûr ! Allons-y !

— Tu expliques ça comment ? lança Edward, dubitatif.

Lorenzo ne savait pas comment interpréter toutes ces informations étranges. Tout d'abord, le bornage des téléphones dans l'affaire du clochard montrait ceux des témoins, mais également un autre appareil non répertorié. Les ondes permettaient de déterminer le numéro de la carte SIM d'un smartphone, identifiable auprès de l'opérateur qui l'avait délivré. L'étape suivante donnait le nom du propriétaire et sa géolocalisation. La police utilisait de plus en plus cette technique et nombre d'enquêtes avaient été résolues à l'issue de ces preuves irréfutables sur la présence d'individus soupçonnés sur des lieux de crime. Mais une défaillance de la borne n'autorisait pas l'identification du numéro, des interférences inconnues avaient brouillé le processus. Les mêmes interférences qui rendaient illisible la plaque d'immatriculation de la voiture de l'assassin sur les bandes vidéo de la station-service.

— C'est p'tet pas lui ?
— Oh que si !

L'intuition de Lorenzo se manifestait par une démangeaison à la nuque, et chaque fois qu'il la ressentait, il se savait sur la bonne voie. Il gardait cette petite superstition pour lui, de peur d'être pris pour un fou par ses collègues. Même Edward ignorait son petit secret, mais pour Lorenzo, aucun doute ne subsistait dans son esprit. La silhouette de l'homme, floutée par on ne sait quelle inexplicable magie numérique, était le pyromane.

— La vidéo indique 4h10 ce matin. Donne l'alerte à toutes les gendarmeries de rechercher une Renault Clio de couleur claire (l'image de la vidéosurveillance en noir et blanc ne permettait pas de déterminer la couleur exacte), ordonna Lorenzo.

— Tu es conscient du nombre de voitures qui correspondent à cette description ?

— Précise que la plaque est parisienne, cela réduira grandement la recherche. Et envoie la vidéo à Paris au bureau digital, je veux savoir pourquoi l'image n'est altérée que sur le gars et sa plaque.

Edward partit donner les instructions, laissant Lorenzo Marchesi seul dans sa voiture. À l'extérieur, la police scientifique continuait d'examiner le camping-car carbonisé et de relever des indices alentour.

— Qui es-tu et pourquoi fais-tu ça ? marmonna Lorenzo pour lui-même.

Rien ne collait dans cette histoire. Si le suspect était un déséquilibré, pourquoi avoir parcouru près de cent kilomètres pour aller tuer spécifiquement ces gens dans ce véhicule ? Rien dans l'historique du clochard ne permettait de savoir pourquoi lui, et Lorenzo pariait que cela serait de même pour le couple sur cette aire de repos, dès que leur identification serait confirmée. Alors pourquoi ? Un détail lui échappait, mais impossible de mettre le doigt dessus.

Il baissa sa vitre et se grilla une clope. Edward allait certainement gueuler pour l'odeur, mais ce n'était pas le jour à le faire chier, cette affaire le mettait assez sur les nerfs comme ça.

Lorsque son collègue revint avec un café, il sut dans l'instant à son expression qu'il y avait du nouveau, et qu'il ne s'agissait pas d'une bonne nouvelle.

— On a retrouvé la bagnole !

— Oh ! Où ça ?

— À 60 bornes d'ici… répondit Edward dans un soupir.

— Bon, vas-y, crache le morceau !

— À côté d'une autre voiture, un break familial, calciné : des parents et leur gamin.

— Putain de merde !

*****

La propreté de la cabine du camion tranchait avec l'apparente hygiène du conducteur. Une casquette à la couleur douteuse qui retenait des cheveux gras, un visage porcin posé sur un corps obèse, un tee-shirt aux auréoles de sueur marquées au niveau des aisselles : le prototype du gros dégueulasse.

— Je m'appelle Bill, mais on me surnomme l'Américain, hurla le chauffeur en tendant une main aux doigts boudinés à son passager auto-stoppeur.

Il baissa le son de l'autoradio qui jouait de la musique country.

— Loïc, Loïc Marceau.

— Je vais jusqu'à Saint-Malo, mais je m'arrête pour bouffer dans une heure environ à Caen.

— Ça me va.

— T'as pas la dégaine d'un traîne-savate de zadiste comme j'ai l'habitude de charger, tu fais quoi ?

— Je bosse à la RATP.

— Ah ouais, Reste Assis T'es Payé ! se moqua Bill.

— C'est ça, confirma le passager avec un sourire.

Loïc retournait son briquet avec frénésie. De nouvelles lettres étaient apparues depuis l'épisode de la famille sur cette route de campagne.

« LE PORT… ».

Quel port ? Saint-Malo où allait ce camion ? Plus loin encore ? Il paraissait clair qu'il obtiendrait toutes les réponses lorsqu'il aurait délivré suffisamment d'âmes de leur vie de péché. Mais la voix restait silencieuse concernant son voisin. Ce gros porc était-il vertueux ?

— Une clope ? proposa le chauffeur.

— Merci, répondit Loïc en saisissant une cigarette du paquet de *Marlboro*.

— T'as un chouette Zippo, siffla Bill. J'en ai jamais vu des comme ça !

— C'est un collector.

Après une bouffée dont il recracha la fumée par les narines, le visage du routier s'alluma. Une idée venait visiblement de traverser son cerveau lent.

— Mais s'tu bosses pour la RATP, tu fous quoi dans l'coin à t'promener à pinces ?

Loïc se sentait d'humeur joueuse. Il regarda son interlocuteur avec une désinvolture saupoudrée d'une pincée d'arrogance avant de répondre :

— Je fuis la police, j'ai buté 6 personnes.

Bill le fixa en plissant les yeux. Sa paupière gauche émit un spasme incontrôlé qui se traduisait par un clin d'œil grotesque. Puis il éclata de rire, un rire gras et rauque, qui se transforma bientôt en une quinte de toux de fumeur invétéré.

— T'es con, j'ai failli m'étouffer, dit-il, le visage rougi par le manque d'oxygène, mais fendu par un sourire courant d'une oreille à l'autre.

Il ressemblait à John Wayne Gacy. Flippant.

Mais Loïc pensait déjà à la suite de sa mission. Si chaque personne qu'il libérait, chaque païen qu'il absolvait, révélait une lettre sur son briquet, peut-être était-il temps de passer à la vitesse supérieure ? Mais l'objet, bien que chaud au creux de sa main, restait désespérément muet pour le moment.

Le soleil se levait et Loïc le reçut comme un message. La lumière du matin. Sans en comprendre le sens, il ressentit une nouvelle énergie le submerger comme si l'aube faisait partie de son destin, une véritable renaissance. Puis la fatigue revint au galop.

Les paupières alourdies par le manque de sommeil, il appuya sa tête en arrière contre le dossier moelleux de la banquette. Vraiment rien à redire sur le confort incroyable qu'offrait ce camion. Du haut de gamme.

— Tu dors ou quoi ? s'agaça Bill.

— Ben…

— Y'a pas d'ben qui tienne, je charge des stoppeurs pour parler et m'empêcher de m'endormir. Si t'es une tafiole comme les autres trous du cul, tu descends dès que j'm'arrête.

— D'accord.

— D'accord quoi ?

— Arrête et je descends, confirma Loïc.

— J'savais qu't'étais un connard, l'invectiva Bill qui manœuvrait pour stopper sa machine.

Le briquet resta muet lorsque Loïc l'interrogea mentalement à propos du chauffeur routier. Celui-ci méritait pourtant d'être purifié. Après un doigt d'honneur et un coup de klaxon rageur, le camion reprit sa route, laissant Loïc seul sur le bord de la nationale.

Un clocher brisait la ligne d'horizon. Loïc se dirigea vers ce village proche. Aux abords du bourg, une enseigne vantait le prix bon marché d'une chaîne d'hôtel de campagne et il décida de louer une chambre pour se reposer. Sa maigre nuit de sommeil, agitée de cauchemars, suivie du labeur de sa mission l'avait exténué. Bien qu'il fût pressé de continuer, il devait recharger ses batteries. Il esquiva la réception ; il s'agissait d'un établissement qui permettait de payer directement avec une carte de crédit à la porte de la chambre, sur un petit terminal électronique. On n'arrêtait pas le progrès.

L'endroit était propre et Loïc ne prit pas la peine de se déshabiller. Il se posa sur le lit et alluma la petite télévision. Au prix de la chambre, il ne s'attendait pas à un écran plat dernier cri. Mais elle ferait l'affaire pour ce qu'il voulait savoir.

Comme attendu, le présentateur de la chaîne d'information en continu évoquait le SDF et le camping-car, mais rien sur la famille dans le break, là où il avait abandonné sa voiture.

Loïc suivait les commentaires avec un détachement surnaturel, comme s'il n'était qu'un spectateur, ne se sentant pas responsable – et encore moins coupable – des horreurs décrites par le journaliste. Les autres ne comprenaient rien, ne savaient rien. Ce qu'ils expliquaient être terrible n'était que le passage obligatoire pour accéder à la rédemption. La voix le lui avait expliqué, à chaque fois, et le rassurait lorsqu'il doutait. Mais il ne doutait plus, maintenant.

Bercé par les palabres sur les possibles mobiles pour justifier ces actes, il s'endormit bientôt.

La sensation terrible de chute restait la même, mais cette fois, des ténèbres d'encre remplaçaient la luminosité éclatante. Sa terreur gagnait en intensité lorsqu'il aperçut une lueur rouge sous ses pieds. De légères zébrures apparurent autour de lui, indiquant qu'il tombait dans une sorte de puits creusé à même la roche. Une chaleur étouffante l'enveloppait à mesure qu'il se rapprochait du sol. Sa chute l'entraîna enfin dans une gigantesque caverne où de lentes coulées de lave se déversaient dans une rivière paresseuse qui longeait la paroi. Loïc tenta de respirer cet air suffocant, tout en se préparant à une mort brutale lorsqu'il toucherait le sol incandescent. Le choc ne le tua pas, mais la souffrance que son corps endura dépassait ce qu'un homme pouvait encaisser. Tétanisé par la douleur, sa gorge et ses cordes vocales lui refusaient de crier le tourment qu'il subissait. Au travers des larmes qui retardaient la fonte inévitable de ses globes oculaires, il aperçut un gigantesque trône assemblé avec des crânes de toutes tailles. Certains étaient humains, mais d'autres, bien plus gros, bien plus massifs, appartenaient à des créatures inconnues. Un homme d'une beauté surnaturelle, au regard de braise, le contemplait d'un sourire bienveillant. Son physique tranchait avec l'environnement. On aurait dit un ange.

Tu es l'élu, dit une voix suave, qui explosa directement à l'intérieur de son crâne.

*****

— C'est quoi cette théorie à la con ?
— Bon, cherche plutôt un restaurant, il commence à faire faim, dit Lorenzo.
— Mollo sur les frais de bouche, ça va encore gueuler, ajouta Edward.
— Si on chope le pyromane, ils s'écraseront pour les notes de frais, t'inquiète.
— Si on le chope… répéta Edward perplexe. Sinon, c'est quoi cette théorie à la con ? relança-t-il.

Le soupir bien appuyé que lâcha Lorenzo ne signifiait qu'une chose : Edward n'aura pas sa réponse à la va-vite, dans la voiture. Il se concentra alors pour trouver un restaurant : lui aussi crevait la dalle. Depuis leur départ matinal de Paris, ils étaient en contact permanent avec leur hiérarchie et recevaient en temps réel les résultats des diverses recherches de la police scientifique. Et les indices sur lesquels ils pouvaient s'appuyer restaient maigres et flous. Cette affaire s'avérait être un vrai casse-tête.

Enfin installé dans un restaurant pour routiers le long de la nationale, chacun rassemblait les dernières informations pour faire le point.

— Je pense que le type est dans le coin, annonça Lorenzo. Il pourrait même avec nous dans ce resto !

— T'es sérieux ? Qu'est-ce qui te fait penser ça ?

— Je ne peux pas te dire. Si on regarde le schéma de ses actions, il a d'abord buté un mec, puis un couple, puis une famille, on peut donc imaginer que son prochain acte, car il ne va pas s'arrêter là, sera plusieurs personnes d'un coup. Et quand tu regardes les lieux et trajets, si on applique une règle toute bête de distance, ce sera dans le coin, expliqua Lorenzo.

— C'est pas un peu *light* ta théorie là ? tempéra Edward.

— Après qu'il a largué sa bagnole, il a dû faire du stop. Et les seuls qui prennent des auto-stoppeurs de nos jours, c'est les routiers. Regarde les camions dehors, p'tet que l'un d'eux l'a chargé puis déposé quelque part par ici.

Lorenzo ne cessait de se gratter la nuque. Jamais elle ne l'avait démangé à ce point. Lui-même s'étonna de ses intuitions, mais il avait la certitude que cet assassin rôdait dans les parages.

— Si on savait pourquoi ce mec fait ça ! Je ne comprends pas, jamais je n'ai autant bloqué sur un profilage, déplora Edward.

L'établissement était bondé. Une serveuse virevoltait entre les tables pour déposer les assiettes aux gaillards qui attendaient leur pitance avant de reprendre la route. La clientèle, exclusivement masculine, se composait de types que personne ne voulait chatouiller. Lorenzo imagina qu'une bagarre dans ce genre d'endroit devait le laisser saccagé. Il scruta chaque face, chaque silhouette, en quête du serial killer. Il ne plaisantait pas : le pyromane pourrait se trouver ici même.

Edward avait repéré son manège.

— Tu penses vraiment qu'il pourrait être là ?

— Pensais… rectifia Lorenzo. Mais aucun de ces lascars ne correspond à l'image que j'ai de celui qu'on recherche.

— Et tu as quoi comme image ? s'interrogea Edward.

— Je pense que c'est un bonhomme ordinaire, avec un job ordinaire et une vie qui l'est tout autant. Le genre de gars que tu croises et dont tu as oublié le visage la seconde suivante. Un invisible quoi… Et il a pété un plomb, ou agi sous l'emprise de quelque chose, de la drogue, une secte, bref, j'en sais rien, mais en tout cas, je crois qu'on va être surpris quand on va le trouver.

Après le café, Lorenzo fit apparaître une cigarette, comme par magie, d'un étui tout droit sorti du siècle dernier.

— Tu ne vas pas fumer là ? s'indigna Edward.

En guise de réponse, Lorenzo fit un large geste pour l'inviter à observer l'assemblée. Bien que la loi interdît la consommation de tabac dans les lieux publics, la plupart des clients avaient une clope au bec.

— Ouais, mais on est flic, on devrait respecter la loi, déclara Edward sans conviction.

Il savait le combat perdu d'avance.

— Ça m'aide à réfléchir.

— Mon cul ouais…

Des sirènes retentirent, d'abord faiblement. Mais le son s'amplifia alors que des véhicules de pompiers s'approchaient. Ils passèrent en trombe devant le restaurant. Deux camions à grandes échelles et deux ambulances. Lorenzo et Edward n'échangèrent pas un mot, mais se levèrent comme un seul homme. Le premier se dirigea vers le comptoir pour payer la note tandis que le second sortit chercher la voiture. Bien que l'opération ne prît qu'une minute, deux autres voitures de pompiers et deux de la police passèrent à leur tour sur la route nationale.

Lorsque Loïc rejoignit son collègue, celui-ci regardait vers l'ouest. Une lueur rougeâtre passait par-dessus la ligne de frondaison de la forêt voisine et une fumée noire se détachait sur le ciel nocturne. La densité du nuage cachait les rares étoiles et une partie de la lune blafarde.

— C'est lui ! Cela ne peut être que lui ! rugit Lorenzo.

Edward prit le volant, sortit le gyrophare qui dormait dans la boîte à gants et enclencha le deux-tons typique avant de prendre la direction de l'incendie.

*****

Loïc espérait que la douche nettoie les dernières bribes de son cauchemar. Lui qui ne rêvait jamais, ou qui ne se remémorait pas ses songes, il peinait à oublier les images et les sensations qu'il avait ressenties. Quelle pouvait en être la signification ?

Mais ce qui l'inquiétait par-dessus tout restait le silence de la voix. Il se sentait comme un enfant oublié par ses parents, seul devant le portail de l'école. Devait-il patienter qu'on vienne le chercher sans savoir combien de temps il risquait d'attendre, la peur au ventre qui n'allait qu'en s'intensifiant ? Ou devait-il prendre l'initiative d'agir par lui-même ?

Un bruit au-dehors décida pour lui. Une jeune femme venait de poser sa valise et s'occupait de louer la chambre voisine à partir du terminal de paiement. Loïc l'observait, en écartant discrètement le rideau. Il attendit le bon moment et lorsqu'elle entra, il se précipita pour la pousser et refermer la porte derrière lui. Elle s'étala contre le lit, mais ne hurla pas. Il ne lui laissa aucune chance et se jeta sur elle, l'écrasant de tout son poids, lui enserrant le cou de ses deux mains. Pris de frénésie, il appuya de toutes ses forces tandis que le corps se débattait, tentait de le frapper, voulait survivre. Bientôt, le visage de la victime vira au bleu et ses mouvements se firent plus faibles. Puis les bras retombèrent, inertes, sur le matelas tandis que l'inconnue avait perdu le combat létal contre son assassin.

Loïc haletait et continua de serrer cette gorge deux autres minutes, incapable de retrouver sa sérénité. Enfin, il se remit debout et contempla son acte. Il saisit le briquet et vérifia le texte. Aucune lettre n'apparut. Pourquoi ? Qu'avait-il mal fait ?

Soudain, il comprit. Il fallait la purifier, son outil servait à cela. Il fit sauter le couvercle et actionna la roulette. Mais aucune flamme n'embrasa la mèche.

Non !

Enfin ! La voix revenait.

Pas elle ! Mais le manoir Beausoleil.

— Le manoir Beausoleil, répéta-t-il à haute voix. Qu'est-ce que c'est qu'ça ?

Ce soir. Maintenant.

Loïc retourna dans sa chambre après avoir recouvert le corps de la morte avec le dessus de lit. Il lança une appli de recherche sur son smartphone. « Le manoir Beausoleil » était une maison de retraite. Enfin plutôt un EHPAD, un truc identique, mais médicalisé. Beaucoup de gens utilisaient le terme « mouroir » pour qualifier ce genre d'endroit. « Quelle horreur ! » pensa-t-il. Là se trouvaient de nombreuses personnes à délivrer de cette terrible fin d'existence. Voilà ce qu'il espérait quand il parlait de passer la vitesse supérieure. Ce serait l'apothéose de sa mission. Faire le Bien auprès d'autant de chanceux d'un seul coup, et pourtant, aucun ne pourrait jamais le remercier.

Bien que l'itinéraire sur la carte indiquât une dizaine de kilomètres, parcourir cette distance à pied n'était pas une option. Il retourna chez sa voisine et farfouilla dans son sac à main pour trouver une clé de voiture avec un logo représentant quatre cercles enclavés. Un double bip accompagné par une lueur orange lui indiqua la position de l'Audi de la femme. Elle ne se refusait rien.

Alors qu'il finissait les réglages du siège et des rétroviseurs, il remarqua un petit cadre photo sur la console du tableau de bord. Un enfant, à peine âgé de plus de cinq ou six ans, souriait sans complexe, en affichant la perte de ses dents de lait. Le sourire édenté ajoutait à la mignonnerie du gamin. Loïc serra le briquet. La jeune femme ne méritait peut-être pas d'être sauvée. Son acte compromettait-il sa mission ?

Tu es l'élu…

Bien sûr, elle avait été le vecteur de la reprise de contact avec la voix. Une sorte de dommage collatéral. L'empathie et la culpabilité furent de nouveau noyées par l'emprise du Zippo. Ces sentiments inutiles ne servaient qu'à tourmenter les vivants, les empêcher de vivre, de faire le Bien, d'accomplir leur destin.

Loïc s'engagea sur la nationale et s'interdit de regarder la photo du garçonnet.

Première fois qu'il conduisait une voiture électrique. Le moteur silencieux serait un atout pour rejoindre le manoir en toute discrétion. L'établissement se trouvait au milieu d'un bois. Un muret entourait la propriété et un grand portail, perpétuellement ouvert, invitait les visiteurs à emprunter le chemin d'accès à la bâtisse. Il s'y engagea. Seul le bruit des pneus sur les graviers trahissait son approche, toutes lumières éteintes. Il se gara un peu à l'écart.

Le briquet dans sa poche semblait se réjouir du moment à venir. La chaleur qu'il diffusait lui brûlait presque la cuisse et les palpitations de la pierre étaient à leur maximum.

Il observa la porte principale, close pour la nuit.

Passe derrière, l'entrée du sous-sol, pour trouver de quoi les libérer...

Une porte de service permettait d'esquiver la personne à l'accueil. Loïc trouva rapidement un accès et pénétra dans le manoir Beausoleil. Il se repérait parfaitement dans la pénombre et atteignit l'escalier qui menait au sous-sol, là où les produits d'entretien l'attendaient. Toutes sortes de bidons étaient entreposés sur les étagères. Il contrôla rapidement les étiquettes et enfourna dans un sac des bouteilles d'alcool à brûler, d'acétone ou encore de *White Spirit*.

C'est le moment…

Loïc affichait un sourire d'enfant gâté qui sait qu'il va avoir son cadeau, même s'il n'a pas été sage. S'il incendiait le rez-de-chaussée, la fournaise ferait le reste en embrasant les étages, coupant toute possibilité de sortie aux résidents. Il aspergea avec minutie les murs, le sol et les meubles. Lorsqu'il termina son œuvre, il se dirigea vers l'entrée. Une jeune femme somnolait sur sa chaise. Il ne la réveilla pas et vida le reste des liquides inflammables, en se gardant une dernière bouteille : « au cas où » !

Accomplis ton destin et tu seras récompensé…

J'espère bien, pensa-t-il, sans savoir comment. Il sortit le briquet de sa poche. Les lettres L.M. brillaient intensément. L'objet jubilait. Loïc se demanda un instant s'il n'était pas le réceptacle des âmes qu'il sauvait ?

MAINTENANT !

La voix changea de ton. L'invective sonna comme un ordre à exécuter sous peine de punition. Loïc en eut la chair de poule. Mais aveuglé et soumis, il exécuta l'instruction ultime. D'un geste souple du pouce, il fit basculer le couvercle du Zippo. Les initiales gagnèrent encore en intensité. Puis son doigt se posa sur la roulette. Il actionna le mécanisme et une flamme jaillit du foyer.

Des reflets verts parcoururent l'incandescence avant de reprendre une teinte jaune orangé normale.

Le liquide inflammable s'embrasa en un instant. Surpris par la rapidité de propagation du brasier, Loïc détala en direction de la porte de service. Il sentait l'enfer lui lécher les pieds et une onde de chaleur le poursuivait. Il se tenait à la frontière du supportable, et lorsqu'enfin il sortit du manoir, ses vêtements sentaient le roussi.

Le spectacle était grandiose. Le feu resserrait son étreinte sur les étages supérieurs, l'incendie se diffusait comme un raz de marée inarrêtable. Des alarmes anti-incendie retentirent dès les premières fumées et des sirènes de pompiers se faisaient déjà entendre dans le lointain. Le système devait être relié directement à la caserne.

Ils n'arriveront jamais à temps, songea Loïc.

Il sous-estima la promptitude de l'intervention des secours. Deux camions à grande échelle, suivis par deux ambulances prenaient déjà position sur le parking. D'autres sirènes annonçaient l'arrivée de renforts.

Loïc recula dans les ombres, entre les arbres.

Alors que les premières lances charriaient un jet d'eau continu sur la fournaise, des policiers entrèrent à leur tour sur le domaine du Manoir Beausoleil. Le briquet toujours en main, Loïc s'apprêtait à découvrir le message caché.

LE PORT…

EU…

R…

D…E…

LU…M…

I…ÉR…

E.

— Le porteur de lumière, lut-il à haute voix.

Voilà qui ne lui évoquait rien de spécial. Accroupi derrière un arbuste, il surfa sur son ami *Google* pour connaître la signification de ce message. L'avalanche de mots qui déferla sur lui le rendit fou : Satan, Lucifer Morningstar, Ange Déchu, Enfer…

Lucifer Morningstar.

L.M.

Son cerveau refusa cette réalité. D'instinct, il tenta de jeter le briquet, devenu un objet maléfique qu'il ne voulait plus tenir. Mais sa main ne réagit pas. Son corps ne réagissait plus.

Lorenzo et Edward déboulèrent seulement quelques minutes après les pompiers.

— Quel enculé ! lâcha Lorenzo.

— Tu crois que c'est notre gars qui a fait ça ?

— Évidemment.

Se sentant inutile face au brasier infernal, il se détourna pour scruter les voitures en stationnement.

— Tiens regarde l'Audi, immatriculée dans le var, tu ne trouves pas ça bizarre alors qu'on est en Normandie ?

Edward regarda son collègue, captant dans la seconde ce que sous-entendait Lorenzo. Il posa la main sur la crosse de son révolver et commença à contrôler les environs.

— Ce salopard est toujours là, je le sens, ajouta Lorenzo.

La terreur s'empara de Loïc. Il était devenu une marionnette. La marionnette du Diable. Sa main gauche saisit la dernière bouteille de *White Spirit*, la déboucha et renversa tout son contenu sur son crâne. Le liquide détrempa ses vêtements, ses cheveux, coula dans ses yeux, emplit ses oreilles.

À ton tour…

Non, j'ai fait ce que tu m'as dit, hurla Loïc intérieurement.

Et ta récompense EST ta libération, ta rédemption…

Comme un automate, il se dirigea vers les véhicules dont les gyrophares bleus illuminaient le parking.

Deux hommes jaillirent des ombres et le mirent en joue.

— Ne bouge plus !

— À genoux, les mains derrière la tête !

Loïc s'exécuta.

Lorenzo fronça les sourcils devant l'expression du visage de l'assassin. Il pleurait, effrayé. Un étrange mélange de compassion et d'incompréhension se saisit de ses certitudes. Il s'attendait à trouver un monstre et il avait l'impression d'être face à une victime.

Loïc sentit son pouce actionner le Zippo, derrière sa tête.

C'en était fini, il le savait.

La flamme embrasa tout son être en une seconde. Le feu se fit vorace et mordit ses chairs. La douleur le fit hurler. La réaction chimique du liquide inflammable qui avait commencé à pénétrer son organisme le consumait de l'intérieur. Chaque fibre de son corps envoyait un message de détresse douloureux à son cerveau. L'explosion de la souffrance endurée provoqua de la tachycardie. Alors que ses yeux n'existaient plus, brûlés jusqu'à la cornée, il vivait ses derniers instants de supplice absolu dans les ténèbres les plus complètes. Lorsque les flammes trouvèrent leur chemin jusqu'à ses poumons, il s'affala, mort.

Merci... fut le dernier mot qui résonna dans son esprit avant le grand trou noir.

Un pompier accourait avec une couverture pour éteindre le corps en flammes. Il se retourna vers les deux policiers en secouant la tête de dépit : trop tard.

Lorenzo et Edward échangèrent un regard plein d'amertume.

*****

L'enquête obligatoire ne mena à rien, aucun éclaircissement sur le mobile de l'assassin. Pire, ils ne comprenaient pas pourquoi il avait étouffé la jeune mère dans l'hôtel. Si c'était juste pour lui voler sa voiture, cela n'avait aucun sens.

Toute cette affaire n'avait aucun sens.

— Pas de complices, pas de mobiles, un type bien et discret d'après l'enquête de voisinage. Ce mec est un mystère.

— Il a p'tet juste pété un câble, résuma Edward.

— J'en sais rien, et je déteste ne pas comprendre. Il n'avait pas le profil de ce qu'il a fait.

— Bah, c'est souvent la description des serial killers.

— Je ne pense pas qu'on puisse le qualifier comme ça.

— Il a quand même fait 30 victimes, rappela Edward.

Dix-huit personnes âgées et cinq infirmières avaient péri carbonisées dans l'incendie du Manoir. Les faits restèrent quelques jours à la une des actualités, bien qu'aucun développement ne pût alimenter les débats : le meurtrier s'était suicidé. Mais même sur ce dernier point, Lorenzo grimaçait. Tout le monde y voyait une cohérence en rapport avec ses exactions, mais il ne pouvait effacer de sa mémoire le regard implorant de l'homme juste avant que le feu ne mette fin à sa cavale.

— Voici les dernières pièces à conviction, la scientifique a fini de les étudier et n'a rien trouvé, annonça un jeune stagiaire qui déposa un panier avec quelques objets.

Edward survola le contenu, puis se proposa d'aller chercher deux cafés à la machine.

Mais lorsque Lorenzo examina à son tour les possessions de Loïc Marceau, son regard accrocha le briquet. La fascination fut immédiate et absolue. L'irrépressible envie de le posséder s'installa dans son esprit. Plus rien ne comptait à cet instant. Il saisit le plastique qui protégeait le Zippo, arracha les scellés, et caressa doucement la pierre qui ornait le briquet. Une sensation de bien-être, de puissance et de clairvoyance s'empara de lui. En retournant l'objet, il lut L.M. sur le couvercle.

– L.M. comme Lorenzo Marchesi, dit-il à haute voix, tandis qu'un grand sourire rayonnait sur son visage.

Il glissa le briquet dans sa poche.

Le sang de mon peuple
Patrice Cazeault

— Es-tu bien certaine de vouloir faire ça ?

Nastya affronte le regard de Kres, son cousin. La buée de leur respiration monte dans le ciel d'octobre, vers les quelques pâles étoiles survivantes. L'autobus couvert de graffitis qu'ils attendent apparaît au bout de la rue. Il vrombit vers eux, en ralentissant pour éviter l'un des nombreux cratères creusés par la pluie d'obus d'il y a quelques mois.

Sans quitter les yeux de Kres, Nastya décapsule une petite fiole argentée et en gobe le contenu en une lampée. Le liquide lui coule dans la gorge comme de l'acier fondu. Elle abandonne le récipient, qui rebondit contre le trottoir dans un tintement sec.

— Oui, confirme-t-elle en faisant la grimace. Je veux qu'ils crèvent comme des chiens, tous autant qu'ils sont.

Quand les cousins montent dans l'autobus bondé, les passagers les dévisagent, hostiles. Nastya enroule ses bras autour de son manteau noir et fend la foule pour gagner l'arrière du véhicule. Ce qu'elle vient d'avaler lui lacère toujours l'œsophage. Elle n'est pas encore assise lorsque les pneus mordent les gravats encombrants toujours les rues. Un soubresaut lui fait perdre l'équilibre et elle bouscule un punk en voulant se redresser.

— Hé, ne me touche pas, espèce de conne.

Nastya l'ignore et poursuit son chemin, mais le punk lui attrape l'avant-bras.

— T'as pas compris, si tu me touches, y a un prix à payer.

S'il savait à qui il parle, pense-t-elle en lui décochant un coup d'œil furieux. Derrière, Kres se penche vers l'insolent et le fixe longuement, à quelques centimètres du visage.

— Je vous fais péter les jambes, ricane le punk, à tous les deux, si vous vous excusez pas avant de débarquer de l'autobus.

Il lâche Nastya et saisit son cellulaire, sur lequel il pianote avec ses doigts tatoués.

— J'écris à mon gang. Vous êtes morts.

Kres entraîne Nastya vers les derniers sièges vides, quelques places plus loin, tandis que le punk joue avec la pointe de ses spikes en se retournant pour les suivre des yeux, dont la sclère est scarifiée de veines noires.

— Des excuses. Avant de sortir, répète-t-il. Et une compensation. Financière. Ou alors me lécher les couilles.

Il profère encore quelques menaces et Nastya l'imite en mimant un chien en train d'aboyer. Le punk fait le geste de se trancher la gorge.

— Il est avec qui, tu penses ? demande Nastya à son cousin tout en fouillant dans les poches de son manteau.

— On s'en fiche. Fais pas attention à lui.

Les autres passagers détournent le regard ou tentent de s'éloigner du duo. Dans l'habitacle, les lumières clignotent à chaque secousse que subit le véhicule. Le reflet dans les vitres masque la désolation du paysage, camouflant les bâtiments éventrés, les fenêtres éclatées ou trouées de balles et les cicatrices dans l'asphalte laissées par le déplacement des tanks.

Nastya ramène ses minces cheveux blonds derrière ses oreilles et dégage son front. À l'aide d'un miroir, elle observe son visage quelconque, puis commence à s'enduire la peau d'une pâte blanche. À ses côtés, Kres étudie le trajet de l'autobus. La vieille dame assise juste devant eux se lève, laissant dans son sillage une odeur cadavérique. D'autres passagers surveillent le manège de Nastya, avec plus ou moins de subtilité.

Observez tant que vous voulez... pourvu que vous me craigniez.

Lentement, à l'aide d'un crayon noir et de quelques touches d'autres couleurs, un crâne apparaît sur les traits de Nastya. Aujourd'hui, elle le peint avec un grand sourire cruel. Tout au fond des orbites sombres qu'elle dessine autour de ses paupières, ses yeux vairons brillent avec la férocité d'une fournaise stellaire.

Le crâne de l'ange de la mort, le symbole qu'elle a fait sien depuis l'occupation, depuis qu'elle a découvert le magnifique pouvoir qu'elle détient.

— Tout est toujours sous contrôle ? demande Kres, en cessant de surveiller l'itinéraire qu'emprunte le chauffeur.

Comme Nastya acquiesce, son cousin pêche une fiole similaire à celle qu'elle a utilisée avant d'entrer dans l'autobus.

— À tout moment, si tu veux arrêter...

— Après, tranche-t-elle.

Autour d'eux, certains passagers ont reconnu l'emblème sur le visage de Nastya. Elle y apporte quelques derniers ajustements, se délectant des murmures et des mines inquiètes avant de ramener ses cheveux blonds pour couvrir la démarcation. Sans surprise, le punk est de ceux ayant fait le rapprochement. Il quitte son siège pour la rejoindre, ses yeux tatoués de noir exprimant maintenant une curiosité excitée.

— Attends… Est-ce que c'est toi Anastasia, l'ange de la mort ? La vraie ?

Le véhicule ralentit et la mécanique grince en s'immobilisant. Kres s'incline pour tenter de voir la cause de cet arrêt.

— *Fuck…*

— Ok, lâche le punk en posant un pied sur le banc laissé vacant, je suis désolé pour tout à l'heure. Je savais pas.

Il tapote les lacets de ses bottes qui lui montent jusqu'aux genoux. Nastya le lorgne sans piper mot. En plus des douleurs dans l'estomac, le venin commence à lui filer une fièvre. Elle sent un flottement entre ses sens et ce qu'elle perçoit réellement.

— Y a un *check-point*, les informe Kres en plissant les yeux.

L'autre ignore la remarque.

— Euh… combien ça coûte ?

Nastya repère deux véhicules blindés qui bloquent le chemin devant. Les mitrailleuses pointées sur l'autobus semblent prêtes à les cribler de balles rougies par le feu. Nastya se souvient d'en avoir vu de semblables à l'œuvre. Les traînées lumineuses qui perforent la façade des immeubles sur sa rue, le bruit infernal des canons et le son métallique des cartouches vides qui pleuvent sur le bitume.

Les cris terrifiés de son frère.

Par sa fenêtre, le chauffeur s'entretient avec des soldats.

— Combien ? continue le punk. Je suis prêt à mettre le paquet. Le mois dernier, on a réussi à obtenir une dose. Du sec. Je n'ai jamais — jamais, jamais — connu un trip comme ça. Pour vrai, ça n'avait aucun sens. Et c'était du vieux *stock*, qu'on m'a dit. J'ose pas imaginer avec du *live*, du frais.

— Justement, t'as pas les moyens, grogne Kres en se renfonçant dans son siège. Dégage.

Devant, deux soldats grimpent dans l'autobus et remontent l'allée, fusils d'assaut en main. Le camouflage vert sombre de leur tenue de combat tactique fait resurgir des nausées dans l'abdomen de Nastya. Leur gilet pare-balles gonfle leur poitrine, leur donnant l'air de légionnaires romains en armure de parade. L'un d'eux porte un casque affublé de gadgets électroniques et l'autre, le plus grand, a la tête nue, une raie de cheveux bruns striée sur le crâne. Ils interrogent quelques civils au passage, avec l'arrogance millénaire du conquérant en terres occupées.

Le punk ne leur accorde aucune attention.

— *Come on !* Je peux pas laisser passer l'occasion. Dis-moi ton prix. Mon gang va te payer ce que tu veux.

— Va-t'en ! lui intime Kres.

— Faites pas chier ! Une dose, c'est tout.

Nastya se retient de se mordre les lèvres, pour ne pas gâcher son maquillage noir, puis se pique le doigt avec la lancette d'un autopiqueur métallique. Surexcité, le punk surveille avec attention la goutte de sang perler au bout de l'index. Nastya en verse deux dans un minuscule flacon, avant d'éponger son doigt en le fourrant dans la bouche du punk, se frayant un chemin entre ses piercings.

— Un petit bonus pour toi, raille-t-elle.

Elle lui décoche un grand sourire, révélant ses dents bleues aux reflets métalliques.

Kres le repousse ensuite d'un geste lent mais ferme.

— Maintenant, fiche le camp. Et essaie de ne pas faire une overdose.

Les deux gouttes qu'il a reçues en cadeau valent un prix d'or sur le marché noir. Une fortune pour le sang si précieux d'Anastasia, l'ange de la mort, dont le moindre millilitre renferme plus d'intensité que le plus puissant opiacé.

Et, aujourd'hui, un potentiel de destruction décuplé...

— Vous êtes dingues… marmonne le punk en s'éloignant. On vous repaie ça dès qu'on peut. Pas question d'avoir une dette pareille…

Pendant qu'il retourne vers son siège initial, les deux soldats s'arrêtent à proximité.

— Des saboteurs et des agitateurs se seraient infiltrés dans la ville, cette semaine, annonce celui sans casque.

Il n'a presque pas d'accent, remarque Nastya. Peut-être un gars du coin. A-t-il étudié ici, à l'époque, traversant la frontière pour bénéficier de leur réseau d'enseignement supérieur, moins cher et moins corrompu que le sien? Peut-être a-t-il même des amis ou de la famille parmi les gens massacrés et laissés mutilés dans les rues au lendemain de l'invasion.

Le regard insistant du soldat tombe sur Nastya.

— Née et élevée ici, répond-elle de sa voix basse. Je n'ai pas quitté la zone depuis que vous nous avez délivrés de notre régime sanglant et totalitaire.

Kres lui jette un œil torve.

— Nous n'avons pas bougé depuis près d'un an, confirme-t-il.

Avec mille précautions pour que les soldats n'interprètent pas mal ses mouvements, il extirpe son cellulaire d'une de ses poches et le leur tend. Nastya l'imite à contrecœur tandis que l'autre militaire, le grand mince armé d'une panoplie de gadgets, balaie les deux appareils avec le sien.

Un caporal, l'identifie Nastya en espionnant l'insigne rouge sur son épaule. L'autre est plus gradé. Un sergent ou un sergent-junior. Elle ne se rappelle plus quel nombre de barres dorées correspond à quel emblème.

— Ils disent vrai. Mais le GLONASS indique qu'ils fréquentent des lieux où traînent des partisans. La puce a entendu des slogans anti-libérations à plusieurs reprises.

— Nous sommes tous des terroristes pour vous, de toute façon, siffle Nastya entre ses dents serrées.

Kres intervient aussitôt, de son timbre monotone.

— Écoutez, nous sommes tous les deux à la banque alimentaire. Nous côtoyons plein de gens. Nous sommes affectés à la boulangerie. Impossible de contrôler tous ceux qui y passent.

— Vous nourrissez les dissidents, les accuse le gringalet en grimaçant.

Sur les bancs voisins, les passagers cherchent encore à se distancier des cousins. Kres, lui, hausse les épaules.

— Les gens ont faim.

L'autre officier esquisse un rictus et laisse de

nouveau son regard dériver sur Nastya, qu'il scrute de bas en haut. Il s'attarde à son masque squelettique et à ses yeux vairons qui fulminent.

— Vous êtes boulangère ? demande-t-il en cachant mal sa dérision.

— Le jour, oui.

La nuit, j'irrigue la ville de mon sang.

Le sergent éclate de rire.

— Allez, vous deux, vous débarquez ici.

Il leur ordonne de se lever d'un geste brusque avant de murmurer quelque chose dans un micro accroché à sa tenue de combat. Nastya et Kres échangent un long silence tendu, puis obéissent, résignés. Les passagers regardent ailleurs alors qu'on les escorte à l'extérieur de l'autobus. Dehors, l'air froid pince les bronches de Nastya, qui se referment aussitôt, provoquant une quinte de toux.

Ou peut-être est-ce l'effet du venin ingéré un peu plus tôt...

L'autobus repart en crachotant, sous l'œil vigilant des mitrailleuses. D'autres soldats fument et discutent à voix basse pendant que Nastya et Kres longent une clôture de fer ornée de barbelés au sommet. Le vent y renvoie une mélodie métallique.

— Écoutez, plaide Kres, nous sommes attendus.

— Tu vas pouvoir nous raconter tout ça, mon vieux… Où allais-tu, pour faire quoi… avec qui…

— Justement… nous nous rendions au vélodrome. Sur invitation.

L'officier s'arrête et se retourne pour examiner ses prisonniers.

Le vélodrome. Il s'agit des installations plus ou moins épargnées par les combats des derniers mois, ultimes vestiges du village sportif, construites et inaugurées en grande pompe il y a quelques années à peine pour accueillir les compétitions internationales.

La paix par le sport, entre peuples frères. Mon cul, oui, se moque Nastya en cherchant son souffle. Le temps presse, se doute-t-elle.

Aujourd'hui, les bâtiments du vélodrome servent à abriter l'état-major de l'armée d'occupation. Moins un quartier général qu'un centre administratif pour le gouvernement civil fantoche mis en place par l'envahisseur. Et le seul lieu réellement sûr où soldats et officiers peuvent se relâcher sans crainte d'être embrasés par un cocktail molotov.

Nastya a vu quelques-unes de ces torches humaines, spectacle inimaginable il y a encore un an, et en garde des traces incandescentes dans son esprit.

En même temps, elle se réjouit de ce souvenir, ces

silhouettes ardentes qui s'extraient d'un véhicule blindé, une centaine de mètres après avoir aplati une colonne de voitures. Les chairs pulvérisées de familles cherchant à fuir le conflit mortel à leur porte, puis les dépouillent fumantes des monstres qui les ont écrasées.

J'espère que d'autres flamberont.

— Il va me falloir un peu plus de détails, exige le sergent.

Kres s'exécute. Il explique qu'ils se rendent à une soirée organisée au vélodrome afin que Nastya puisse y dispenser ses… services. À nouveau, le soldat à la raie de cheveux striée la scrute des pieds à la tête, sondant ses traits à travers son maquillage sépulcral.

— Vos… services ?

Son collègue réagit après avoir gobé un morceau de gomme à mâcher.

— Attends, j'ai entendu des rumeurs… Ta tête de mort… C'est toi la fille dont le sang fait planer toute la racaille de la ville ? Il paraît que chaque goutte se vend facilement dans les 1000 $.

— Voyez-vous ça… Y a combien de litres de sang dans un corps, déjà ? Tu traînes une fortune dans tes veines, ma vieille…

— On pourrait l'entailler ici, Sleb. Maintenant. Et se faire un bon petit paquet.

Ils rigolent. La menace est vide, mais Nastya serre les dents. Combien de fois ont-ils plaisanté de la sorte en suivant les ordres de leurs supérieurs ?

— Nous sommes pressés, rappelle Kres. Je ne crois pas qu'il soit judicieux de faire patienter celui qui nous a invités.

— Et de qui s'agit-il ? demande Sleb, le plus haut gradé des deux soldats.

— À notre embauche, on a beaucoup insisté sur notre discrétion à ce sujet…

— Eh bien, tu ne démords pas de ton histoire, toi. Attendez ici !

Le sergent s'éloigne de quelques pas avant d'engager une nouvelle conversation dans le micro qu'il porte près de son cou. Une voix enterrée de parasites lui répond par courtes syllabes. L'autre militaire l'a suivi, sans toutefois relâcher sa surveillance, le doigt à proximité de la gâchette de son fusil d'assaut. Kres en profite pour se pencher vers sa cousine.

— Ça va ? chuchote-t-il en l'auscultant des yeux, à distance.

— Oui, oui. Mais… j'ai des frissons.

— Fais voir.

Elle lui découvre ses dents bleues, en plissant les paupières et le nez.

— Ont-elles commencé à saigner ?

— Non, mais elles changent de couleur.

— On a encore le temps, tranche-t-elle.

Nastya étire le cou, puis hausse les épaules pour les délier. La dose de poison avalée s'est rendue dans ses veines. Ça, c'était clair. Tant qu'elle ne saignait pas des gencives, il n'y avait pas lieu de s'inquiéter. Kres et elle s'étaient exercés une dizaine de fois, jouant avec les quantités de venin et d'antidote jusqu'à atteindre l'équilibre recherché.

Elle soulève le menton quand les soldats reviennent.

— J'avoue être impressionné, lance Sleb à son retour. On vous attend bel et bien au vélodrome. Avec le tapis rouge et tout.

D'un simple signe, il ordonne à son caporal de les fouiller. Les mains gantées du gringalet parcourent Nastya rapidement, comme s'il voulait étouffer des flammes sur ses vêtements. Sur le corps de Kres, le soldat confisque une petite fiole bleue.

— C'est quoi, ça ?

Ma bouée de sauvetage…

— Mes médicaments, prétend Kres. De l'iode.

— As-tu peur que la centrale nucléaire se détraque ? Non… moi je pense que t'es un autre junky, et que ça, c'est ton fix.

Le caporal secoue le flacon quelques fois, agitant le précieux liquide, avant de l'empocher.

Ce sera donc une mission-suicide, constate Nastya tandis qu'on l'embarque dans une camionnette militaire, une dizaine de mètres plus loin. Elle ignore si le vertige qui lui fait décoller l'esprit est dû à cette constatation ou à la détérioration de ses neurones à mesure que le poison la ronge. Dans le véhicule, Kres la dévisage avec insistance, l'air de lui dire qu'il va trouver une solution, mais elle se dérobe, préférant admirer la noirceur à l'extérieur de l'habitacle.

Dans l'obscurité, elle arrive presque à croire que les bâtiments détruits tout autour sont en fait des chantiers.

Survis, intime-t-elle à son cousin en se tournant enfin vers lui. *N'essaie pas de crever pour me sauver…*

✵✵✵

— On les a amenés jusqu'ici, s'entête Sleb, ça vaut amplement le prix d'entrée.

Voilà cinq minutes que l'officier négocie leur droit de passage dans le bâtiment principal du vélodrome, prétextant agir comme renfort supplémentaire pour assurer la sécurité. Postés devant une porte de hangar, les gardes continuent de refuser. Le rythme lourd d'une musique électronique résonne contre la tôle.

— C'est sur invitation, répète un mercenaire. Et on s'occupe de la sécurité. Ça va.

En retrait, Kres finit par intervenir.

— Nous, on peut passer, au moins ?

L'impatience fissure sa voix.

— Un instant ! l'interrompt Sleb avant de revenir vers son vis-à-vis. Combien tu veux ?

Le rugissement d'un moteur perce la nuit et Nastya scrute le ciel. Elle entend le son saccadé des pales d'un hélicoptère, mais n'arrive pas à le repérer. Elle réprime un frisson, associant malgré elle le bruit avec celui qui suivait généralement les roquettes qui pleuvaient en sifflant, s'abattant sans distinction sur les cibles civiles. La gare de train, l'hôpital, les écoles…

La nuit rouge, et le jour noirci de la fumée et des cendres des victimes de la veille.

Les soldats semblent finalement s'arranger sur un prix, puis Sleb se départit d'une grosse liasse de billets, en jurant entre ses dents.

— Putain de mercenaires de merde…

— Comme si on avait besoin d'eux, renchérit

Kristof, son caporal.

La porte s'enroule dans un grincement désagréable pour enfin les laisser passer. Sans s'en rendre compte, Nastya attrape le bras de son cousin, s'appuyant sur lui pour avancer. Un flottement commence à embrouiller ses chevilles, signe que le poison s'est creusé un sentier jusqu'aux extrémités de son corps. À l'intérieur, ils traversent d'abord un espace d'entrepôt où s'entassent caisses de munitions, grenades et pistolets mitrailleurs. La lumière blafarde des néons scintille sur la pointe des obus comme dans les yeux multiples d'une araignée tapie au fond de sa tanière.

La musique gronde plus fort encore avant de les percuter de plein fouet lorsque les soldats trouvent leur chemin vers la zone principale. Le vélodrome a été réaménagé en discothèque de fortune et l'ovale où s'alignaient les corridors de courses, sectionné pour y installer un bar. Des projecteurs strient la grande salle de faisceaux lumineux. L'éclairage donne l'impression à Nastya de pénétrer dans une chambre noire, chaque surface étant violemment colorée de rouge…

Peut-être pour y développer la pellicule des photos de son pays massacré.

Nastya jette un dernier coup d'œil à son maquillage à l'aide de son petit miroir. La lumière écarlate lui confère un aspect démoniaque.

Parfait...

Autour, la salle est peuplée d'officiers en tenue militaire, d'hommes d'affaires obèses et de prostituées. Mélangés à la foule, se greffent aussi des voyous, membres des gangs que Nastya côtoie dans le quotidien pathétique des quartiers occupés. Des traîtres...

— Ouvre grands les yeux, Kres, intime-t-elle à son cousin dans le creux de son oreille. Rapporte ce que tu vois...

Sleb attrape le bras de Nastya et commence à lui faire traverser le plancher de danse. Les gens l'observent avec curiosité, crainte et excitation. Des mains s'étirent vers elle pour la toucher. Une femme se place en travers de sa route et lui agrippe les doigts, qu'elle se met aussitôt à humer.

— Je peux le sentir, même à travers ta peau ! s'exclame-t-elle.

Son visage disparaît derrière ses longs cheveux raides tandis qu'elle se penche pour poser son nez contre l'avant-bras de Nastya.

Sens-tu aussi le poison qui va bientôt t'ôter la vie ?

Nastya la laisse faire. D'autres curieux viennent la renifler. À leur comportement, elle devine qui a déjà consommé son sang et qui compte se prêter au jeu pour la première fois. Ainsi, la rumeur se confirmait : la drogue qui coule dans ses veines s'est frayé un chemin jusque dans les hauts rangs de l'armée et du gouvernement d'occupation. Une infiltration qui leur serait mortelle…

— Je ne t'imaginais pas aussi populaire, s'étonne le sergent qui l'escorte toujours. Qu'est-ce que ça sent, un squelette ?

Son collègue s'approche de la nuque de leur prisonnière et y laisse courir son souffle.

— Je crois que je capte quelque chose…

Nastya a le temps de le repousser sèchement d'un mouvement d'épaule avant qu'un nouveau venu ne chasse les vautours agglutinés autour d'elle.

— Allons, allons ! Chaque chose en son temps, laissez notre invitée arriver.

L'homme se présente, offrant une paume humide et collante à Nastya. Lieutenant Arkady. Elle remarque en premier les deux cicatrices circulaires sur sa joue et sur son front, comme si deux balles avaient autrefois perforé sa peau. Impossible d'imaginer comment il a pu survivre à de telles blessures. Sa posture a quelque chose de décalé. Sa tête est anormalement avancée par rapport au reste de son corps.

— Mille fois merci d'avoir accepté notre

invitation, susurre-t-il en scrutant les yeux vairons de Nastya au creux de ses orbites peintes en noir.

En raison de la musique tonitruante, Nastya doit déchiffrer sur ses lèvres maigres et sèches le mince filet de voix de l'officier supérieur. Le lieutenant Arkady promène sur elle un regard pétillant.

— Nous sommes tous très excités de découvrir vos fameuses facultés. Nous avons eu la chance de tester certains échantillons par le passé et…

Il embrasse ses doigts en claquant de la langue contre son palais, les paupières closes.

— Je nous prédis une soirée des plus délicieuses, grâce à vos bons soins, complète-t-il.

La musique vibre un moment à leurs tympans tandis qu'Arkady marque une pause, s'attendant peut-être à une intervention de la part de Nastya. Elle se contente de le fixer, la bouche refermée en un pli sévère. Les dents peintes sur ses lèvres frémissent à peine lorsqu'une nouvelle salve de vertige l'assaille.

Comme s'il se rappelait tout à coup un détail important, Arkady dresse un index et parle soudainement plus fort.

— Le paiement ! J'allais oublier de confirmer les modalités de notre entente. En échange de 500 généreux millilitres de votre précieux nectar, le général vous alloue un appartement loin des zones de bombardement, un confortable loft près du Myr Gloria Plaza, dans l'Est. Ça vous convient ? Pour vous et votre... cousin, c'est bien ça ?

Kres hoche la tête, taciturne. Arkady revient vers Nastya en lui attrapant les doigts.

— Et, tel que négocié, un passeport valide. D'ailleurs... le général vous offre aussi le transit assuré pour retourner à la mère-patrie.

À gauche, Sleb étire le cou, l'air de tendre l'oreille, visiblement intéressé par la réponse.

Nastya déploie d'immenses efforts pour que le dégoût qu'elle ressent ne déforme ses traits. Toute cette *négociation* est factice depuis le départ. Nastya ne mettra jamais les pieds dans cet appartement de l'est de la ville et n'en a jamais eu l'intention. Et cette proposition de lui faire traverser la frontière... Autant se laisser fusiller immédiatement.

— J'y réfléchirai, réussit-elle à articuler sans se déchirer de l'intérieur.

Elle préférerait lui cracher au visage et espérer que le venin qu'elle a avalé lui corrode la peau.

En revanche, le passeport aurait pu être utile...

Sleb laisse échapper un rire de dédain. La moue sceptique qu'il affiche déclenche une sirène d'alarme chez

Nastya. Le sergent a bien capté dans l'autobus tout l'amour qu'elle porte à cette soi-disant mère-patrie qui montre son affection par le biais de colonnes de tanks et par une pluie de missiles. Si c'était à refaire, elle tâcherait de mieux masquer la haine qui rayonne à travers elle, comme le cœur éventré d'une centrale nucléaire.

Quelques minutes supplémentaires de comédie ne vont pas la tuer !

Arkady n'accorde qu'une brève seconde à l'expression peu convaincue du soldat avant de guider Nastya vers une plate-forme près du bar.

— 500 ml ! C'est si charitable. J'ai cru comprendre que vous n'en aviez jamais donné autant en aussi peu de temps, j'espère que l'effet n'en sera pas dilué ?

— Absolument pas, répond Nastya.

L'effet sera... mortel !

Sans crier gare, une vive douleur lui serre l'œsophage. Prise d'une violente quinte de toux, Nastya se plie en deux, les poumons incendiés. Elle a l'impression que chaque toussotement lui referme un peu plus les bronches, gorgées de sang, jusqu'à ce qu'elle ne puisse plus aspirer qu'un mince filet d'air.

— Peut-on se dépêcher ? demande Kres tandis qu'elle reprend peu à peu son souffle.

Le temps commence à leur manquer.

Arkady les mène jusque sur la plate-forme où une chaise rembourrée attend Nastya. C'est là qu'une infirmière effectuera le prélèvement sanguin, leur explique-t-il. La distribution se fera près du comptoir, où les invités pourront consommer le sang en le combinant avec la drogue de leur choix.

— Les méthodes recommandées sont les suivantes : l'injection, le faire chauffer avec un mélange d'héroïne, le faire sécher rapidement, réduit en poudre et absorbé par voie nasale. C'est bien ce que vous prescrivez ?

Nastya acquiesce, mais Kres précise.

— Si vous faites chauffer le sang, n'appliquez jamais une flamme directe.

— Nous y veillerons, le rassure Arkady avec un sourire qui déforme ses cicatrices circulaires.

Il invite Nastya à prendre place tandis qu'il va chercher l'infirmière. Elle grimpe sur la chaise, prise de vertiges.

— Dis, demande Sleb tandis qu'elle s'installe. 1000 $ par millilitre de sang, vraiment ?

Kres lui répond par l'affirmative.

— 1000 $ par millilitre et vous vous contentez d'un appartement au Myr Gloria Plaza. À ce prix-là, j'aurais aussi exigé une pizza et une pipe de la part du président en personne.

Son collègue ricane.

— Et c'est quoi la meilleure façon d'obtenir l'effet maximal ?

— Par injection, l'informe Kres. Mélangé avec une solution de mercuro-sable.

L'autre soldat, Kristof, fait apparaître la fiole d'antidote qu'il leur a dérobée plus tôt.

— Ça se combine avec ça ?

Nastya ne peut s'empêcher de détourner le regard. Pendant de longues secondes, elle se concentre sur le grondement industriel de la musique assourdissante.

— Non, finit par répondre Kres. C'est mon médicament, comme je t'ai dit. D'ailleurs, j'aimerais vraiment le ravoir. Je suis prêt à te le racheter, si tu veux.

Le caporal étudie un moment le flacon avant de le ranger dans une des poches de sa tenue de combat.

— J'y réfléchirai. Pas pour moins de 1000 $ par millilitre, ça c'est sûr.

— Ça pose un problème ? fait Sleb en se déplaçant pour intercepter le regard de Nastya.

Celui-là ne laisse rien passer. Il guette chacune de nos réactions et relève toutes nos contradictions. C'est un chien de garde plus rusé que les autres. Un autre loup lancé sur ma piste. Nastya se fabrique un alliage métallique avec juste ce qu'il faut de vérité et de haine pour rendre sa voix à la fois tranchante et indifférente.

— Non, je suis habituée que vous preniez tout, tout le temps, sans vous soucier des conséquences.

Sleb hoche la tête d'un air satisfait, comme s'il prisait la valeur d'une proie particulièrement juteuse.

***

L'infirmière manipule ses instruments avec fébrilité. À sa demande, on a baissé le volume de la musique, pour l'aider à se concentrer. Peut-être que le martèlement sourd lui rappelle celui des impacts de mortier. Les marques de brûlures sur son visage et ses mains suggèrent qu'elle a vu son lot d'action dans les derniers mois. C'est l'une des leurs, en plus. Probablement faite prisonnière, puis recrutée de force dans l'armée d'occupation pour pallier leurs difficultés logistiques. Gonflé de vanité, l'envahisseur ne s'est jamais imaginé que son petit peuple frère survivrait plus de quelques jours, et ne s'est donc pas embarrassé de prévoir nourriture, carburant et doigts agiles pour rafistoler ses grands soldats invincibles.

Ainsi, après avoir plongé les mains dans les

entrailles des résistants, l'infirmière se voyait aujourd'hui obligée d'accomplir la sale besogne de l'ennemi. Nerveuse, elle esquive les yeux vairons inquisiteurs de Nastya. Sleb éclaire ses gestes à l'aide d'une puissante lampe de poche.

— Ça va chauffer un tout petit peu, annonce-t-elle en même temps qu'elle insère l'aiguille.

Tout près, les convives sont massés dans une file plus ou moins définie, comme autant de charognards impatients de se gorger des chairs d'une nouvelle victime. Arkady est de retour au moment où l'infirmière termine de remplir une petite fiole avant de la remplacer par un grosse poche en plastique. Lentement, cette dernière poche enfle.

— Nos invités contiennent mal leur excitation, commente Arkady. Votre part du marché est bientôt remplie, mais j'espère que vous resterez des nôtres pour profiter de la soirée.

— Bien sûr.

Je ne manquerais le spectacle de votre horrible agonie pour rien au monde.

Surtout que ce seront sans doute les dernières images qu'elle pourra contempler.

À sa gauche, Kres argumente, demande aux soldats s'ils pourraient plutôt rapidement les raccompagner en ville. Il doit entretenir le mince espoir de ramener Nastya à la banque alimentaire pour y récupérer ce qui leur reste d'antidote. De toute façon, Sleb et Kristof refusent catégoriquement. Ils ont déjà dépensé une fortune pour assister à cette soirée.

Je vais crever. Mais vous aussi...

Nastya promène son regard sur la foule, sur chaque individu, les imaginant bientôt se tordre dans d'atroces douleurs.

Soudain, une panique vive l'envahit.

— Où est le général ?

Elle ne le trouve nulle part dans la masse de gens.

— Il est retenu par une rencontre, répond Arkady, les mains derrière son dos. Il compte toujours nous rejoindre plus tard dans la soirée. En attendant, il ne souhaite pas priver ses invités de votre inestimable contribution.

— Mais... la première goutte lui est réservée. Nous sommes ici à sa demande !

— Il la prendra plus tard.

Nastya lutte de toutes ses forces contre l'affolement qui se fraie un chemin à travers ses neurones. Elle se tourne vers son cousin et l'implore du regard, les yeux épouvantés. Toute cette mission-suicide repose sur cette occasion inespérée : dégommer le boucher à la tête de l'armée d'occupation. C'est pour cette unique raison que Nastya a pris ces risques insensés, qu'elle s'est ruiné l'estomac ces dernières semaines à avaler des quantités abominables de poison. La soixantaine de cadavres qu'elle s'apprête à laisser dans son sillage ne compteront pas si elle ne peut aussi occire le général.

— Le dosage doit être précis… intervient Kres. Plus d'une goutte et c'est l'overdose.

— Nous savons comment gérer ce genre de quantité.

— Est-il possible au moins de l'aviser que la distribution commence, je crains qu'il soit…

Arkady le coupe.

— J'apprécie votre inquiétude, mais je vous assure qu'elle est infondée. Le général ne peut pas nous rejoindre en ce moment et il a conscience qu'il rate le clou du spectacle. Il ne vous en tiendra pas rigueur.

Au même moment, l'infirmière retire l'aiguille du bras de Nastya et y applique un bandage. Avec précaution, elle remet au lieutenant la poche pleine du sang empoisonné. Arkady la remercie, accorde un sourire tendre à Nastya avant de se diriger vers le bar, où les invités se précipitent pour recevoir leur part du venin.

— Ça a l'air important pour vous que le général soit présent, commente Sleb en éteignant sa lampe-torche.

Kres enfouit ses mains dans ses poches.

— Nous avions prévu lui témoigner notre reconnaissance.

— Vraiment ?

Même Sleb a conscience de la réputation de leur général, celui qu'ils ont appelé en renfort pour mener l'attaque lorsque la guerre s'est enlisée, il y a un an. Le fossoyeur, l'ogre qui n'a pas hésité à ordonner des offensives indiscriminées, qui distribue des primes à la souffrance infligée aux civils par ses soldats. Les villes qu'il n'a pas pu prendre par la force ont été broyées par les obus. Les populations qu'il n'a pas pu soumettre ont été décimées par la faim ou ravagées par des armes interdites. Phosphore, gaz chimiques et bombes thermobariques. Les instruments de torture du plus fidèle monstre du régime d'occupation.

Lui témoigner notre reconnaissance… en le massacrant de mes propres mains, pense Nastya.

Abattue, elle observe les officiers, les hommes d'affaires et les autres sycophantes réunis dans le vélodrome se partager son sang empoisonné. Soixante petites victimes insignifiantes. Sa vengeance tombe à plat. Elle se laisse choir dans sa chaise, au bord des larmes. Un goût ferreux se propage dans sa bouche. Ses gencives ont commencé à saigner. Bientôt, ses vaisseaux sanguins vont se rompre...

Elle ne porte pas attention au cliquetis des instruments que range l'infirmière à sa gauche.

— Attends un peu, glapit Kristof, de l'autre côté. La petite fiole rouge, la première que tu as remplie. Où l'as-tu mise ?

La conscrite se défend mollement tandis que les soldats s'en prennent à elle, la pressant de questions et d'accusations. Bientôt, elle leur remet la fiole qu'elle comptait empocher et revendre au gros prix sur le marché noir. Kristof veut tester la marchandise, contre l'avis de son collègue.

Nastya laisse échapper un long soupir chevrotant lorsque Kres se penche sur elle.

— Ça va ? s'enquiert-il.

Elle lui offre un sourire triste, ses dents bleues tachées de rouge.

— Ça a valu la peine, lui dit-il en caressant sa tignasse blonde d'un geste tendre.

— Vraiment... ?

✵✵✵

Nastya contemple les derniers moments de grâce des junkies qu'elle a condamnés, l'œil morne. Une forte odeur de vinaigre flotte dans le vélodrome, celle de l'héroïne mélangée et filtrée avec son sang.

— Oh, je commence à le sentir ! s'exclame Kristoff, qui a retiré son casque pour renifler la microgoutte puisée dans la fiole qu'il a subtilisée plus tôt. *Oh boy...* oh merde...

Il continue de se pâmer en gémissant de plus en plus fort avant de s'accrocher à la chaise sur laquelle Nastya s'effondre toujours. Il la fixe avec des yeux délirants de plaisir, en se passant une main dans ses longs cheveux gras.

— Wow... Ça n'a aucun sens ! C'est... c'est puissant ton truc.

Kres l'attrape pour le redresser, et Nastya capte le mouvement de ses mains vers les poches de la tenue de combat du caporal. Il a encore comme projet de lui ravir l'antidote.

— Bas les pattes, mon vieux ! lui ordonne Sleb en le repoussant. On ne touche pas à un soldat, merci. Tu pourrais te blesser...

Il agrippe son collègue par les bretelles de son armure et le secoue, lui intimant de se ressaisir. Aussitôt surgi, le sursaut d'espoir meurt dans la poitrine de

Nastya. Dans quelques minutes à peine, tous ces imbéciles vont vomir leurs tripes, les boyaux violemment déchirés par l'effet cumulé du venin et de son sang aux propriétés si mystérieuses. Les survivants feront rapidement le lien, traîneront Nastya à l'extérieur et lui feront éclater le crâne d'une balle dans la nuque.

Si elle ne crève pas avant.

Sa respiration se change lentement en râle. Tout à l'heure, une autre quinte de toux l'a amenée au bord de l'évanouissement ; sa cage thoracique bientôt le cimetière de ses poumons.

Mon dernier souhait est de les voir agoniser avant de rendre l'âme, pense-t-elle en observant les invités du général planer.

Plus loin, au comptoir du bar, un type fait chauffer quelques parts du cocktail sang et drogue avec un briquet. Il s'esclaffe d'un rire féroce, le visage violemment éclairé des rayons de lumières. Plus gros que ses voisins, il gesticule et attire l'attention depuis le début de la soirée, se frappant la poitrine comme un gorille pour amuser ses comparses. Il distribue les cuillères chauffées autour de lui avant d'adresser de grands signes à Nastya.

— Hé, l'ange de la mort ! lui crie-t-il dans sa langue. La prochaine fois, faudrait qu'on goûte avec tes menstruations !

— Va te faire foutre, chuchote-t-elle.

Il savoure un moment les réactions à sa blague, puis verse une nouvelle goutte de sang sur le comptoir plutôt que dans l'une des cuillères prévues à cet effet. Il réactive son briquet et l'approche d'un geste assuré.

— Non ! hurle Kres. Pas de flamme directe !

Une violente détonation retentit. Les verres et les bouteilles se brisent, soufflés par l'explosion, et dégringolent dans une cascade d'éclats étincelants. Un panneau lumineux s'est décroché et pend en grésillant. Les convives tout autour n'ont pas eu le temps de se mettre à l'abri, et plusieurs ont subi de vilaines coupures. Par-dessus les cris de surprise et de douleur monte le gémissement rauque du géant. La déflagration lui a arraché la main, qui a disparu sans laisser de traces. Il tient entre ses doigts le moignon sanguinolent sans cesser de brailler.

Nastya ricane.

Le gorille est rapidement évacué, ainsi que les quelques blessés, sur fond de musique industrielle indifférente à leur sort. Arkady redouble d'efforts pour rassurer le reste des invités.

— C'est ton sang qui a fait ça ? demande Sleb, incrédule. Rappelle-moi de ne pas te convier à un barbecue…

Pour toi, je serais prête à me baigner dans le kérosène…

À gauche, Kres s'anime et fonce sur le lieutenant, furieux.

— Je vous avais prévenu ! Pas de flammes directes ! Vous prétendiez savoir comment procéder avec notre produit, mais vous n'êtes qu'une bande d'incompétents ! Que dira le général quand il apprendra cette bavure ? poursuit-il.

Les rendra-t-il responsables de cet incident ?

— Je ne tolérerai pas que notre réputation soit entachée par votre mépris des mesures de sécurité entourant la consommation de notre produit ! D'ailleurs, j'ai tout à coup très peur de ce qui peut arriver au général si je vous laisse superviser l'utilisation du sang d'Anastasia.

Kres continue d'argumenter, sans donner le temps à Arkady de répondre. Il désigne les dégâts, la vitre qui crisse sous ses pas.

— Je réitère, laissez-nous rejoindre le général avant qu'une bêtise encore plus grave ne survienne…

Dans la salle, la fête tarde à reprendre. Les gens jettent des coups d'œil anxieux vers Nastya, empreints d'une crainte et d'un respect renouvelé. Affalée dans sa chaise, elle ressemble réellement à l'ange de la mort, souveraine posthume de la nuit. Le lieutenant s'entretient à voix basse avec Kres, puis parle un moment dans son téléphone cellulaire, le regard traqué. Enfin, après une autre longue minute, il adresse un signe autoritaire en direction de Sleb et de Kristof.

Il a réussi, songe Nastya, l'esprit dans les brumes.
Nous allons rencontrer l'Ogre...

***

La voiture roule à toute vitesse dans la nuit, sur une route de campagne. Blottie contre son cousin, Nastya a des haut-le-cœur chaque fois que le véhicule bondit sur des cahots. Le paysage qui défile par la fenêtre lui file la nausée, aussi essaie-t-elle de garder les yeux fermés.

— Qu'est-ce qu'elle a ? s'enquiert Sleb, en leur décochant un regard dans le rétroviseur.

— Elle n'a jamais donné autant de sang. Ce doit être une baisse de pression.

— Un demi-litre, ça ne tue jamais personne.

— Je vais bien... ment Nastya d'une voix qu'elle espère assurée.

Assis devant, Arkady continue de gérer les contrecoups de l'explosion au vélodrome, déployant d'immenses efforts pour que la soirée ne tourne pas au désastre. Ses traits s'allongent à mesure qu'ils progressent vers leur destination. À l'avant, Kristof glousse encore de plaisir.

Quelques derniers frissons avant de succomber.

Bientôt, ils traversent plusieurs barrières de sécurité, ralentissent à l'approche d'autres véhicules qui leur barrent la route, mais on les laisse rapidement passer, Arkady aboyant des ordres avec une autorité que Nastya n'avait pas observée jusqu'à maintenant. L'endroit pullule de soldats, remarque-t-elle. La tanière du monstre ne doit pas être loin.

Kres serre le bras de Nastya, sans se rendre compte qu'il lui fait mal.

Sleb engage finalement la voiture dans une allée bordée d'arbres. Les phares éclairent un chemin de terre qui débouche sur un luxueux chalet de deux étages. Quand ils se garent, Arkady range son cellulaire. Livide, il passe une main sur son crâne chauve.

— Le général va vous recevoir en présence d'un invité de prestige. Je compte sur votre discrétion absolue, et sur votre déférence…

Nastya s'extrait du véhicule d'un pas incertain et se retient de vomir au contact de l'air frais de la campagne. Une puissante fièvre lui brûle le visage et elle confond un moment le bruit des hélices d'un hélicoptère avec le martèlement de sa migraine contre ses tempes.

— Courage, lui chuchote Kres en la soutenant.

Des lumières sont allumées ici et là dans le chalet, mais ils le contournent, gagnant plutôt un espace aménagé à l'arrière, où une poignée de gens sont rassemblés autour d'un feu de camp. Le cœur de Nastya se déchaîne dans sa poitrine.

— Je n'aurais pas dû consommer avant de venir ici, se plaint Kristof en butant contre une racine. J'ai envie de dégueuler…

— Tenez-vous ! tonne Arkady sans ralentir. Vous êtes en service, bordel de merde…

Subtilement, Sleb scrute son collègue, avant de se tourner pour observer Nastya d'un œil mauvais.

Le vent soulève une odeur de conifères tandis qu'ils approchent. Près du feu sont assises deux silhouettes, tandis que d'autres soldats montent la garde en retrait. Nastya repère aussitôt le général, vêtu d'un uniforme sobre et d'un chapeau de fourrure orné d'un écusson doré. Elle reconnaît ses traits pour l'avoir tant haï pendant les derniers mois. Sa peau constellée de cratères ressemble aux territoires qu'il laisse derrière le passage de ses armées.

Arkady lui offre un salut militaire raide, imité par

Sleb et Kristof, puis se tourne vers l'autre homme emmitouflé dans un large manteau.

— Je vous prie d'agréer, monsieur le Président, l'hommage de mon plus profond respect. Je suis désolé de faire irruption à cette heure si tardive et à un moment inopportun.

Le Président le fait taire d'un bref signe et Arkady s'incline dans la seconde.

Le Président... !

Les jambes de Nastya vacillent. Si ce n'était de Kres qui la retient, elle se serait écroulée de tout son long. Elle échange avec son cousin un long regard effaré.

Le Président, en visite en territoires occupés, avec son chien de général !

Visiblement de bonne humeur, ce dernier se lève et serre la main d'Arkady. Ils échangent quelques mots.

— Général, comme j'ai dit à votre attaché, un incident m'amène à prendre la précaution de…

— Allons, Arkady ! Vieille salope, entre nous, tu peux m'appeler Alex.

Un crépitement enterre un moment leur conversation. Sleb incline la tête pour écouter le message qu'on lui transmet par radio. Les pulsations cardiaques de Nastya menacent de lui rompre les artères.

— Lieutenant, on m'informe que c'est la cohue au

vélodrome. Quatre personnes seraient décédées depuis notre départ.

— Overdoses, soupire Kres en secouant la tête. Il faut être prudent avec cette drogue, d'où…

Arkady l'arrête en dressant la paume de sa main en l'air, avant de revenir vers le général.

— Voilà pourquoi j'ai pensé qu'il valait mieux superviser la…

— Quelle bande de cons… grogne le général en l'ignorant et en avançant vers Nastya. Alors, c'est elle, le petit bijou des bas-fonds ?

Le relief lunaire de son épiderme captive Nastya un instant avant qu'elle ne manque de s'étouffer en recevant l'effluve d'alcool qu'il souffle sur elle.

— Son sang agit comme la drogue la plus pure en circulation, explique-t-il en élevant la voix à l'attention de son président, resté derrière. J'ai déjà testé la marchandise quelques fois. Elle justifie l'opération militaire à elle seule.

En retrait, le Président ne bronche pas. Il lorgne le groupe sans rien dire, bras croisés et les traits peints par les flammes dansantes du feu. Le général ne s'en formalise pas, et braque un regard concupiscent sur l'ange de la mort.

— Alors, cette dose, ça vient ?

Kristof exécute un pas vers son supérieur et lui tend la fiole confisquée à l'infirmière.

— Général, à votre place, je… intervient Sleb, d'un ton hésitant, mais le monstre les chasse tous les deux.

— Non, non, je veux du frais, du vivant !

Fiévreuse, Nastya s'entaille l'index avec son aiguillon, puis offre la goutte écarlate au général. Elle brille d'un éclat riche sur le bout du doigt tendu. Le monstre se penche et la renifle d'un coup sec. Consommé de cette façon, le sang ne produit pas un effet aussi robuste, mais le risque de surdose s'en trouve réduit.

Mais ça ne t'épargnera pas cette nuit, songe Nastya en se retenant d'éclater de rire.

Le général lui attrape la nuque tout en râlant de plaisir.

— Tu es ma petite oie aux œufs d'or, Anastasia. Je sens que je vais souvent visiter ton petit appartement au Myr Gloria Plaza.

Nastya étire les lèvres sans découvrir les dents, laissant le soin à son masque de mort de sourire à sa place. Elle tourne la tête vers le Président.

— Monsieur le Président… puis-je vous servir, vous aussi ?

Ce dernier a un rictus moqueur. Arkady sursaute,

affolé qu'elle ait osé s'adresser directement au tout-puissant monarque. Quand le Président répond, son timbre est froid, distant et rauque.

— Je ne consomme pas.

La sueur coule dans le dos de Nastya tandis qu'elle lutte pour ne pas trembler. Elle sent les os de ses genoux s'entrechoquer. Elle ne peut pas laisser passer cette occasion.

— J'insiste… Vous ne connaîtrez jamais de plus grand plaisir que…

— Faites-la taire, merci. Juste entendre la voix de cette sous-race me fait grincer des dents…

— Désolée, ajoute Nastya en haussant le ton. Je n'imaginais pas que vous étiez déjà repu du sang de mes semblables. Je croyais votre appétit insatiable !

— Petite insolente ! aboie Arkady tandis que le général éclate de rire.

Au même moment, un nouveau crépitement attire l'attention de Sleb. Il écoute la transmission, la main sur son pistolet de service.

— Lieutenant, déclare-t-il avec empressement. C'est l'hécatombe au vélodrome. Les gens meurent par dizaines.

Comme Sleb se penche pour écouter la suite, Kristof se plie en deux et rejette violemment le contenu de son estomac, avec le son d'un sac de viscères qu'on vide sur le plancher. L'odeur repoussante les assaille en bloc.

— Putain de merde ! Soldat, ressaisissez-vous !

Nastya observe un moment ses bottes tachées avant de décocher un regard enflammé au Président.

— Elle vous a empoisonnés ! hurle Sleb en pointant un doigt accusateur sur elle. Ce ne sont pas des overdoses, elle a empoisonné son sang avant de le distribuer !

Évidemment, il a fini par comprendre...

— Vous avez broyé nos vies, rage-t-elle sans lâcher le Président des yeux, alors j'emporte votre petit général...

Le général lui flanque une claque du revers de la main qui la cueille au menton, la renversant au passage.

— Qu'est-ce que ça signifie ? Qu'est-ce qu'elle m'a fait ? panique le général.

Quand Nastya se redresse, Sleb secoue Kres sans ménagement.

— La fiole bleue, celle qu'on t'a confisquée. C'est l'antidote, c'est ça ?

L'enfoiré...

En quelques secondes, il récupère déjà le contenant sur Kristof. Il tâche de lui administrer l'antidote, mais le général le lui prend de force, décapsule la fiole et s'en verse le contenu dans le gosier.

— Ça y est ? demande-t-il avec agitation. Je suis sauvé ? Je suis hors de danger ?

Effondré au sol, Kres relâche les épaules, abattu. Son regard croise celui de sa cousine, et il murmure des excuses, les premières notes d'une oraison silencieuse. Nastya secoue toutefois la tête.

— Ce n'est pas fini, articule-t-elle en laissant son sourire apparaître.

Ses dents bleues sont luisantes de sang.

Elle se relève lentement, pendant que le général jubile. Autour du Président, les gardes du corps se sont rapprochés, fusils-mitrailleurs calés contre l'épaule.

— Sale traînée, rigole encore le général. Tu pensais nous foutre toute une raclée. Ton petit attentat a complètement raté sa cible.

Nastya tourne la langue dans sa bouche, accumule la salive. Elle entrouvre les lèvres et des coulées de sang lui glissent sur le menton. Exaltée, elle fixe le Président à travers les flammes orangées. Le feu de camp les sépare.

— De la part de mon peuple…

— Attention ! crie Sleb. Son sang, il ne faut pas…

Elle crache son venin, sa haine, les souffrances et les vies massacrées de ses frères et sœurs sur les flammes vives qui dansent entre elle et le Président.

✵✵✵

L'explosion souffle les chairs, détruit le chalet, dévaste le paysage.

Bref flash lumineux, puis les arbres se couchent, embrasés.

À travers la fumée qui se dissipe apparaissent des débris incandescents au milieu d'un cratère ravagé.

Et quelque part au milieu de la poussière, les os calcinés d'Anastasia, l'Ange de la Mort.

Le dernier tour de piste
Sylvain Johnson

I

Le 12 octobre 2022
Saint-Oliver, Québec.

David célébrait aujourd'hui un bien triste anniversaire. Six mois plus tôt, il avait avalé une poignée de comprimés et vidé une demi-bouteille de mauvais whiskey avec l'intention de se suicider. Sa tentative ressemblait plutôt à un appel à l'aide, ce qui était souvent le cas pour les jeunes comme lui, marginalisés par la société. David n'était pas dupe, il savait trop bien que, sous la façade puritaine des gens de la ville, se cachaient des pervers et des adeptes des pires péchés capitaux. Le vieux Maurice, qui chantait dans la chorale de la congrégation et servait en tant que volontaire au parc Optimiste pendant l'été, ne loupait jamais une occasion de lui offrir trois cents dollars en échange d'une fellation. Proposition que David refusait chaque fois. Rosalie Leduc, doyenne des filles d'Isabelle et propriétaire de la quincaillerie, buvait comme un trou. Elle avait battu ses enfants jusqu'à ce qu'ils deviennent adultes et déménagent dans d'autres provinces afin de s'éloigner d'elle. Et la liste continuait de s'allonger.

Perdu sur le sinueux sentier des relations humaines désastreuses et compliquées, David s'était vautré dans l'apitoiement et l'alcool pour tenter de noyer sa souffrance. Sa tentative de se libérer de cette souffrance en mettant fin à ses jours s'était soldée par un échec monumental. Il s'était réveillé dans une chambre d'hôpital, ses parents furieux contre lui. Son beau-père lui en voulait surtout d'avoir volé ses précieuses pilules, dissimulées dans le tiroir de sa table de nuit.

— Te rends-tu compte que ça va me coûter 80 piastres pour les remplacer ?

Sa mère, quant à elle, avait essayé de son mieux de tempérer les esprits échauffés. Elle n'avait permis à David que de gagner un peu de temps à la maison; son beau-père, un col bleu ventru au caractère impulsif, avait scellé son destin deux semaines plus tard en le jetant à la rue. L'homme s'inquiétait davantage de sa propre réputation que de la détresse de David. Sa mère gardait contact avec lui, souvent pour lui refiler quelques dollars ici et là, ou pour tenter d'excuser l'ignorance de son conjoint. Elle l'aimait et ne voulait que son bien.

David ne connaissait pas son père. Les circonstances de sa naissance demeuraient nébuleuses et un sujet à éviter, qui ne menait qu'à des disputes sans fins.

De nature agressive, son beau-père avait finalement trouvé chaussure à pied à la sortie d'un bar de danseuse de Verdun, où il célébrait ses trente ans au sein de la compagnie Molson, accompagné de quelques confrères aussi minables que lui. Une bière malencontreusement renversée avait provoqué une bousculade qui avait dégénéré en bagarre générale, avant qu'un couteau jaillisse de nulle part et perfore le flanc de Charles. Ce dernier était mort dans le transport vers l'hôpital.

Contre toute attente, son décès avait aggravé la dépression de David. La salope de vie avait offert à son beau-père le voyage qu'il désirait tant effectuer lui-même. Son idiote de mère, elle, supporta très mal le départ de son compagnon des dix dernières années, en particulier lorsqu'elle découvrit à quel point leurs finances étaient désastreuses. Charles avait dilapidé leurs économies et devait beaucoup d'argent à la banque, qui menaçait de reprendre la maison et les voitures.

Le décès de son beau-père avait cependant permis à David de retourner vivre avec sa mère. On pouvait souhaiter mieux à vingt-quatre ans, mais au moins il ne se retrouvait pas à la rue. Le déménagement s'était déroulé deux jours avant les funérailles. Les obsèques avaient d'ailleurs été un moment pénible où David s'était efforcé de jouer le rôle du beau-fils en deuil, tentant en vain d'ignorer les regards désapprobateurs des paroissiens autour de lui.

Une commère du quartier, amie d'un policier de la ville, avait appris sa tentative de suicide et avait véhiculé la nouvelle comme un politicien en campagne électorale répand ses promesses vides de sens. Depuis quelques temps déjà circulaient des ragots sur son orientation sexuelle. Même son oncle Germain, que tous savaient être un grand amateur de prostitués, s'était prétendu scandalisé.

David se ressaisit et chassa les pensées néfastes qui l'accablaient. Il se concentra plutôt sur sa journée, lui qui soulignait le sursis de six mois qu'il avait reçu comme une sentence. Il se sentait tel un prisonnier qui commémore une autre année derrière les barreaux en changeant la page du calendrier lubrique ornant l'un des murs de sa cellule.

David se rendit à pied à la piste de course

circulaire derrière l'église de Saint-Oliver, un trajet d'à peine dix minutes. L'endroit, bordé par un vaste boisé, manquait cruellement d'entretien. Les gens évitaient son sol couvert de racines saillantes, envahi par les mauvaises herbes et les branches d'arbres cassées. David adorait l'isolement et le calme qui y régnaient, en particulier le chant des oiseaux et les écureuils nerveux qui sautillaient un peu partout. Il trouvait aussi apaisant d'écouter la symphonie jouée par les légions d'insectes qui l'entouraient, dissimulées dans la nature si parfaite.

Cette tiède journée d'octobre était propice à une marche solitaire.

David ne s'était pas déniché d'emploi depuis sa tentative de suicide. Il passait son temps à végéter à la maison, ne s'octroyant que de rares sorties. Il consultait un psychiatre deux fois par semaine. Et il se doutait bien que sa mère espérait le *guérir* de sa terrible *maladie*. On l'abrutissait de médicaments louches. Son homosexualité dérangeait sa famille en dépit de l'apparente acceptation et il avait perdu le peu d'amis qu'il avait à cause de leurs différences. Le pire dans tout cela ? Bien malgré lui, David cherchait à réprimer ses instincts pour éviter les confrontations.

Dans la cour de l'église abandonnée, il se sentait mieux. Le terrain était jonché de branches et de feuilles, et l'herbe trop haute l'empêchait de voir le cimetière. David plaça ses écouteurs dans ses oreilles, ouvrit l'appli de son cellulaire qui servait à mesurer la distance parcourue et chargea ensuite sa liste de chansons préférées. Il rejoignit la piste de terre battue et accéléra le pas. Son regard s'attarda longuement sur le décor familier digne d'un film post-apocalyptique. Il longea une clôture métallique qui encerclait un terrain de jeu en mauvais état, avec en son centre une immense glissade jaune, sale et traversée de fissures. Trois balançoires tanguaient sous la brise, tandis qu'une bascule rouillée était figée en position horizontale.

La première ligne droite donna sur un virage serré, puis un détour sinueux emmena David tout près de la petite bâtisse en retrait qui servait jadis de salle de danse et de spectacle. On pouvait aussi accéder à des toilettes, dont les portes étaient à l'extérieur et où l'eau courante fonctionnait toujours. Plus personne ne s'occupait de nettoyer ou approvisionner ces chiottes. De toute façon, David les évitait ; leur état déplorable et la puanteur suffisaient à le décourager, tout comme les sans-abris qui les utilisaient parfois.

David dépassa le bâtiment délabré et atteignit les vestiges d'un petit jardin et d'une fontaine en béton fracturé. Un banc sur sa gauche portait le nom d'une famille à laquelle il était dédié. « Godbout ». Il venait souvent s'asseoir ici pour réfléchir et rêver à une vie meilleure. Sur le siège, il remarqua une gerbe de fleurs colorées et fraîches, ficelée dans un emballage en forme de cône. Il ralentit le pas, jeta des regards curieux autour de lui en se demandant qui avait bien pu laisser ce bouquet sur place. Haussant les épaules, il reprit la marche.

David repassa ensuite par son point de départ; le stationnement vide qui donnait sur la rue. Il entendait le trafic, plus haut, au cœur du village. La brise se mua en vent plus frais, soufflant les quelques feuilles éparses qui jonchaient le sentier à ses pieds.

De retour près du terrain, la mélancolie le gagna. Des enfants avaient jadis joué, crié et sauté de joie ici. La plupart devaient maintenant être des adolescents ou des adultes. David ignorait depuis quand l'église était abandonnée, mais cela datait d'avant sa naissance.

Il s'engagea ensuite dans le détour qui le forçait à passer plus près de la bâtisse des toilettes. Il observa les multiples graffitis à caractère sexuel issus de l'imagination dépravée et immature des artistes.

Il atteignit le jardin, la fontaine et le banc.

Il cessa de marcher. Un soudain mal de tête le fit grimacer, un éclair de douleur qui se résorba presque aussitôt. Il cligna des yeux à quelques reprises, se massa la nuque, avant de relever les yeux.

Le bouquet était toujours au même endroit, mais les fleurs rouges et jaunes, à la beauté naturelle, ne s'y distinguaient plus. Au lieu de cela, la gerbe était rabougrie, les tiges, flétries, et les pétales brunis, victimes d'un vieillissement prématuré.

Impossible.

Quelques minutes plus tôt, David avait remarqué les fleurs en santé. Elles n'avaient pu se faner pendant cette courte période. Il cligna des yeux, puis sursauta. La nuit semblait être soudain tombée. Impossible, jamais les heures n'avaient pu passer aussi vite ! Il cligna à nouveau des paupières, cette fois à répétition, sentant la panique monter en lui et espérant ne vivre qu'une hallucination passagère. Il ne vit rien, sinon ce qu'éclairait la lumière diffusée par l'unique ampoule au-dessus des portes des toilettes. Le rythme de son cœur accéléra. La sueur lui glissait dans le cou même s'il tremblait comme une feuille en raison du froid ambiant. Il ne devait pas faire plus de cinq degrés. David pivota afin d'épier les alentours. Il tituba, légèrement étourdi, pour constater que le vent était tombé et qu'un silence nocturne sévissait.

Il s'éloigna du terrain, guidé par une envie folle de retourner chez lui. Quelque chose, peut-être l'instinct de survie, lui dictait de fuir cet endroit.

Que lui arrivait-il ?

Sans réponse, il sentit le poids d'une intense lassitude l'écraser. Ses jambes et ses pieds le faisaient souffrir, tel un marathonien après une interminable course.

La noirceur de la forêt le dérangeait, comme si des êtres malsains s'y terraient, l'épiant en se tenant prêt à se lancer à sa poursuite. Il désirait partir au plus vite et traversa le stationnement désert pour longer la rue, sautant d'un halo de clarté de lampadaire à l'autre. À ce moment, son cellulaire, qu'il gardait dans sa main, mourut en émettant une dernière vibration.

Il fut alors pris d'une telle fatigue que ses paupières, devenues lourdes, voulurent se fermer d'elles-mêmes. David eut même recours à une gifle pour essayer de rester éveillé.

Il n'avait qu'une seule idée en tête : atteindre la résidence familiale, malgré sa démarche qui n'était pas sans rappeler celle d'un ivrogne de retour de la taverne, zigzaguant et titubant. David réalisa aussi, en grimaçant, que son odeur corporelle était nauséabonde.

Une vingtaine de minutes plus tard, il arriva sur sa rue et approcha de sa maison. Toutes les lumières, extérieures et intérieures, semblaient allumées. Il eut l'impression que sa mère attendait quelqu'un, puisqu'elle éteignait toujours la nuit venue, avec une sorte de régularité maladive à l'idée de payer inutilement de l'électricité.

David remonta le trottoir et trébucha sur la première marche. Il s'agrippa juste à temps à la rampe pour éviter la chute. Il s'immobilisa sur le tapis de bienvenue défraîchi. De sa poche, il extirpa son trousseau et remarqua la boîte aux lettres qui débordait, quelques enveloppes gisant à ses pieds. Ce détail l'intrigua, puisque sa mère ramassait religieusement le courrier tous les jours. Un mauvais pressentiment s'empara de lui. David tenta alors de faire entrer la clé dans la serrure, mais il tremblait trop.

Heureusement, des pas résonnèrent de l'autre côté de la porte. On retira ensuite la chaînette de sécurité et le verrou se libéra. Sa mère ouvrit, en robe de chambre et les yeux écarquillés de surprise. Les cheveux en bataille, elle avait très mauvaise mine. Sa bouche élargie lui donnait des airs de poupée gonflable ridicule.

— David, mon Dieu !

Yolande cria et le retint au moment où il s'écroulait, vidé de toute son énergie. Elle le traîna de peine et de misère à l'intérieur, jusqu'au canapé, où il se laissa choir sur le dos. Elle recula en plissant le nez, incommodée par l'odeur fétide qu'il dégageait.

— Veux-tu ben me dire où tu étais ? articula sa mère, en état de choc.

Étourdi, David regardait la pièce tourner autour de lui. Une soif de traversée du désert monopolisa temporairement ses pensées et il mima le geste de boire. Sa mère se rendit à la cuisine pour revenir avec un verre d'eau, qu'elle porta à ses lèvres. David s'abreuva pendant que Yolande pleurait. Cette dernière finit par prendre une décision.

— Je vais appeler la police !
— Non !

David avait presque crié. Yolande, inquiète, posa une main sur l'épaule de son fils avant de croiser son regard.

Ce qu'elle lui annonça le déstabilisa.

— Mon grand, ça fait deux semaines que t'es parti !

David garda le silence, convaincu qu'elle devait se tromper. Il avait quitté la résidence ce matin même pour faire une marche. Sa mère ne pouvait que faire erreur. Pourtant, la douleur dans tout son corps, la faiblesse et la soif qu'il ressentait donnaient raison à Yolande. Quelque chose clochait. Mais de là à croire que quatorze jours de sa vie lui manquaient ?

Sa mère l'examina. Elle trouva des égratignures et quelques plaies, qu'elle nettoya ensuite pour les désinfecter. Elle réitéra son offre d'appeler la police ou l'ambulance, mais David la supplia de n'en faire rien. L'idée que les voisins, en apercevant les forces de l'ordre ou les ambulanciers débarquer chez eux, puissent apprendre la malencontreuse aventure de son fils fut suffisante pour la convaincre de ne rien faire. Que dirait-on de lui si cela venait à se savoir ?

Elle avait à demi accepté l'homosexualité de David, même si elle n'avait jamais pris sa défense devant son conjoint cruel, et elle préférait aujourd'hui lui éviter d'être la victime des médisances de leurs voisins.

Yolande conduisit ensuite David sous la douche, où il se nettoya avant d'enfiler des vêtements propres. Elle pansa ses blessures et lui prépara une soupe chaude, qu'il repoussa cependant. Elle resta immobile au pied du lit où il s'étendit. Tout en évitant de croiser le regard de son fils, elle jouait distraitement avec un des coins de l'édredon. Mal à l'aise, elle se décida à lui poser une question.

— Je peux savoir ce qui s'est passé ?

David refusa de répondre, secouant la tête pour lui tourner le dos. Yolande soupira, lui toucha l'épaule, geste qui le fit sursauter. Elle réitéra sa demande.

— Qu'est-ce qui s'est passé, mon grand ? Tu peux me parler.

Le fils se retourna vers la mère, les yeux remplis de larmes et se contenta de secouer la tête. Frustrée, Yolande haussa le ton.

— J'ai le droit de savoir ce qui se passe, non ? Regarde-toi !

David se renfrogna davantage, les lèvres pincées, pour se détourner et relever les couvertures au-dessus de sa tête. Il mit ainsi fin à l'interrogatoire. En fait, il ne voulait pas en parler parce qu'il était incapable de justifier son absence de deux semaines.

Yolande le laissa après lui avoir souhaité bonne nuit de façon un peu brusque. Elle était en colère face à son mutisme. David l'entendit ensuite parler au téléphone, sans comprendre ce qu'elle disait.

La fatigue le plongea rapidement dans un sommeil très profond, et heureusement, sans rêves.

2

David se réveilla lentement, ouvrant les yeux avec difficulté. Il fixa le plafond de sa chambre, son corps parcouru de douleurs. Le contact même avec les draps lui irritait la peau, comme si on frottait vigoureusement du papier sablé contre son épiderme.

Couché sur le dos, il réfléchissait au point de se donner mal au crâne. Il rejouait dans sa tête la bande des évènements de la journée précédente, et il se devait d'admettre qu'il ne comprenait pas. Son impuissance à démystifier la vérité le frustrait.

Un bruit le fit sursauter. David remonta les couvertures sur lui, utilisant un oreiller comme bouclier. Sur la table de nuit, le réveille-matin aux chiffres rouges produisait une faible luminosité, qui se joignit au filet de lune qui pénétrait par une fente entre les rideaux. La ligne bleutée séparait la pièce en deux, telle une frontière précise entre deux contrées protégeant leur hégémonie territoriale.

David remarqua alors que la porte de la penderie était entrebâillée. Il n'arrivait pas à se souvenir si elle l'était au moment où il s'était effondré sur son lit. Il tendit l'oreille dans l'attente que le bruit se reproduise, conscient que ce pouvait être sa mère qui veillait tard, comme à son habitude. David s'adossa à la tête de son lit, fixant le gouffre sombre du placard. Une peur irrationnelle pour un homme de son âge s'empara de lui.

Le bonhomme Sept Heures ne l'avait pourtant pas

visité depuis des lustres.

Le son qui suivit venait incontestablement de sa penderie. Nerveux, l'oreiller serré contre lui, David constata que le bruit ressemblait à celui d'une personne qui se gargarisait. Il n'était plus un enfant et tâcha de se convaincre qu'il était victime d'hallucinations causées par sa fatigue et le stress des derniers événements.

Il jeta son bouclier de plumes sur le lit et se leva, cherchant autour de lui une arme susceptible de l'aider. Contre le mur près de la table de nuit, il trouva son trombone poussiéreux, inutilisé depuis l'école primaire. À cette époque, David aspirait à devenir musicien professionnel, mais son beau-père l'en avait rapidement découragé, mettant ainsi fin à son rêve.

Armé de l'instrument, David se sentit un peu plus en sécurité. Il n'hésiterait pas à frapper un intrus, mais honnêtement, imaginait-il vraiment qu'une personne ou quelque chose de vivant se cachait dans son placard ? Il devait plutôt se poser une autre question : était-ce réaliste de croire qu'il avait disparu pendant deux semaines et ne s'en souvenait plus ?

Pieds nus, David traversa sa chambre avec appréhension. Son regard ne quittait plus la fente ténébreuse que la faible clarté ambiante n'atteignait pas. Le bruit se manifesta à nouveau et David leva son trombone, prêt à l'abattre.

Il entendit un frottement et distingua quelque chose qui remuait dans l'obscurité de la penderie. Il sursauta au moment où sa propre voix fluette rompait le silence.

— Qui est là ?

Le gargouillement énigmatique reprit et la porte s'ouvrit d'elle-même de quelques centimètres supplémentaires, laissant pénétrer dans la pièce une forte odeur de terre, de sueur et d'urine, poussée par une brise imaginaire, ou alors le souffle d'une créature démoniaque.

Dans l'interstice agrandi, David crut distinguer un visage empreint de malice, deux billes rougeâtres qui le fixaient. Il se figea de peur, retenant sa respiration. Ses mains moites tenaient son arme avec moins d'assurance.

Que faire ?

Alors qu'il s'interrogeait quant à ses prochaines actions, le cœur battant la chamade, David entendit des pas au-dessus de lui. Probablement sa mère qui visitait la salle de bain adjacente à sa chambre. Yolande buvait de plus en plus, surtout depuis la mort de son conjoint. Une mauvaise habitude née le jour où elle avait découvert son fils nu au lit avec le petit Charbonneau. Cet épisode avait marqué un changement important au sein de l'unité familiale; les choses n'avaient plus jamais été les mêmes.

David observa le plafond. Les pas s'arrêtèrent un moment avant qu'un bruit sourd ne résonne, comme celui d'une personne qui s'écroule sur le plancher. Ce fut à ce moment que la porte du placard s'ouvrit soudainement. De la penderie émergea une forme sale et courbée, un vieil homme maigre aux cheveux longs qui fonça sur lui. De la bouche grande ouverte fusa un liquide qui lui aspergea le visage. L'inconnu se vidait de la substance avec laquelle il se gargarisait. La matière poisseuse macula aussi le cou et les mains de David, qui cria et abandonna son trombone pour se protéger en levant les bras. Ce réflexe bien inutile le plaça dans une situation de vulnérabilité, le laissant sans arme. Le vacarme de l'instrument qui heurta le sol précéda les enjambées de ce qui ressemblait davantage à une créature qu'à un homme. La chose s'élança hors de la pièce en le bousculant. Nue, elle laissa dans son sillage une forte odeur nauséabonde.

David recula jusqu'à heurter sa commode, sur laquelle il récupéra un morceau de vêtement pour s'essuyer. Les pas rapides de la créature grimpant l'escalier résonnèrent dans la résidence. David repensa à sa mère, seule dans sa chambre, mais aussi au bruit d'une possible chute entendu quelques secondes plus tôt. Son instinct lui dictait de contacter la police, mais l'urgence de la situation le poussa à s'élancer au secours de sa mère. Il devait la protéger de cette créature.

David se jeta dans le couloir, luttant contre la panique, son visage et ses bras maculés par ce qu'il espérait ne pas être du sang. Cette simple idée le rendait malade. Des veilleuses balisaient le parcours menant du rez-de-chaussée à la chambre de sa mère, à l'étage. Elles lui furent d'un grand secours. Son ivrogne de beau-père, au retour d'une beuverie, avait chuté et s'était brisé le nez. L'accident avait forcé l'achat et la pose de ces sources lumineuses.

L'escalier était vide et David s'élança dans ce dernier, deux marches à la fois, pour atteindre le long couloir bordé de portes. Il était à bout de souffle. L'étage comptait deux chambres, un bureau inutilisé depuis quelques années et une salle de bain complète. Une silhouette furtive pénétrait dans la pièce où dormait sa mère. David l'atteignit à son tour, agrippa la poignée et la poussa.

La première chose qu'il vit fut la petite lampe allumée sur la table de chevet, à côté du lit. Puis, ce qui se trouvait au sol.

David se figea de surprise. Le spectacle devant lui était des plus incongru.

3

Sa mère gisait sur le plancher en position fœtale. Elle lui tournait le dos et sa nudité le prit de cours. La créature, aux côtes saillantes et dont l'odeur empestait la chambre, se tenait agenouillée tout près d'elle. Sa bouche était ouverte et elle montrait ses dents noirâtres et ses gencives gonflées par une infection. Sa langue remuait comme celle d'un serpent, tandis que des gouttes de sang, auxquelles se mêlait sa salive, coulaient sur son menton pour tomber sur la peau blanche de Yolande. Les yeux de la créature le fixaient avec une telle froideur que David en frissonna. Il osa effectuer un pas, inquiet pour sa mère, mais cette chose agenouillée émit un feulement animal de prédateur qui le força à s'arrêter.

Dans le silence assourdissant de ce moment irréel, seuls le cliquetis d'une horloge et le claquement des vieux radiateurs métalliques résonnaient.

La créature se redressa. Elle devait mesurer plus d'un mètre quatre-vingt-dix. Un mètre quatre-vingt-dix de maigreur effarante. Elle continua de félir comme un fauve se préparant à attaquer, ses yeux rouges ne quittant plus David. Sa peau portait des marques de blessures, de coupures et des ecchymoses à divers stades de guérisons. Des tics nerveux l'animaient aussi; elle sursautait sans raison, bougeait la tête de droite à gauche et se grattait sans relâche.

David et cette créature se faisaient face. Impossible de deviner si Yolande vivait encore. Tout mouvement pouvait déclencher l'assaut de cet *homme,* qui semblait avoir basculé dans la folie. Dans un moment de lucidité troublante, David remarqua que les traits du visage de l'autre ressemblaient aux siens.

La créature respirait par le nez, de la salive ruisselant toujours de sa bouche. Son sexe flasque à la peau grisâtre pendait au cœur d'une touffe de poils noirs identique à celles sous ses aisselles. David entendit alors sa mère émettre un long râlement avant que de violentes convulsions ne l'agitent. Au même moment, un souffle chaud lui caressa la joue, lui effleura l'oreille et un liquide tiède coula sur sa nuque. David se retourna rapidement et se retrouva face à la créature, sans comprendre comment cette dernière avait pu se déplacer si vite.

Devant lui, la bouche sanguinolente s'ouvrit tel un gouffre à l'odeur fétide. D'une voix éraillée, trois maigres mots tombèrent.

— Tu... dois... mourir.

La peur, l'adrénaline et un début de folie se combinèrent dans l'organisme de David, et lui donnèrent la force nécessaire pour repousser la créature. Ce contact avec la peau graisseuse le révulsa, et son estomac protesta avec un haut-le-cœur qu'il ignora difficilement pour foncer dans le couloir.

David abandonna sa mère derrière lui, comme un lâche. Il déguerpit pour sauver sa propre peau. Tout juste avant d'atteindre l'escalier, le feulement animal reprit, plus intense et plus sourd, suivit par ce qu'il crut être les pleurs de Yolande.

Victime de son empressement, David trébucha. Il perdit pied et se retrouva suffisamment près des marches pour y plonger et les débouler comme un pantin désarticulé. Il se sentit tel un fêtard enivré à la sortie d'un bar qu'une bande d'adolescents tabasse sans raison. La souffrance s'empara de chaque parcelle de son corps.

Lorsqu'il atteignit enfin le plancher, braillant de détresse, sa vision se brouilla. David aperçut la créature qui descendait l'escalier et le rejoignait, la gueule encore pleine d'un liquide foncé.

Le sang de sa mère ?

David essaya de garder les yeux ouverts, mais un voile de ténèbres glissait lentement devant lui. Son crâne vibrait de douleur, lui faisant craindre un traumatisme important.

Avant de s'évanouir, il vit la créature s'agenouiller au-dessus de lui pour laisser le contenu de sa bouche lui dégouliner sur le visage.

4

Noir.

Tout était noir. Du moins au début, puisque des pointes éparses de clarté osèrent perturber le rideau de ténèbres qui le retenait captif du néant. David constata qu'il s'agissait de lampadaires. Son regard capta le mouvement d'insectes qui s'agitaient autour des faisceaux au-dessus de lui. Il était étendu sur le dos, que des cailloux labouraient. La douleur était intense. Une puissante main lui enserrait le poignet, dont les longs ongles lui creusaient la peau.

On le traîna au cœur de la végétation nocturne.

Il poussa un cri de détresse qui mourut trop vite. Il avait la gorge sèche, et le goût du sang dans sa bouche le fit tousser puis cracher. De coups de pied dans le vide en vaines tentatives de happer celui qui le remorquait à une vitesse anormale pour sa maigreur, David s'épuisa avant d'abandonner. Il aurait tant voulu ne plus penser à l'identité de son agresseur, dont il ne doutait plus à présent.

La créature le relâcha soudainement et sa tête retomba sur la terre battue où il s'immobilisa. Le silence de la nuit le frappa. Les insectes n'osaient même plus manifester leur présence. Le diable rôdait dans les parages et David put le contempler pendant qu'il se positionnait près de larges buissons épineux. Il lui fit penser à Mowgli, le personnage du *Livre de la jungle*, mais en bien plus horrifique.

David parvint à s'asseoir et découvrit que les lampadaires se situaient de l'autre côté d'un mince mur de végétation, dans un parc. Il essaya d'ignorer la douleur qui déferlait en lui, de son crâne bossé en passant par son dos labouré. Il observa la créature devant lui, qui le guettait, muette et le regard menaçant. David avait froid, puisqu'il ne portait qu'une paire de boxers.

L'autre pivota et s'élança du côté des bosquets, disparaissant en quelques habiles sauts. David se leva, réprimant des plaintes inutiles, mais grimaçant sans retenue. Il avait l'impression que son dos ressemblait à celui d'un esclave africain injustement puni par un maître sadique au fouet généreux.

Pourquoi cette chose l'avait-elle emmené ici ? Où

se trouvait-il donc ?

David se doutait bien que si cette créature le voulait mort, il le serait déjà. Il hésita à bouger, mais décida finalement de suivre la trace de son ravisseur.

En traversant quelques buissons moins épineux, il se retrouva sur une piste de course qu'il reconnut : celle-là même où ses problèmes avaient commencés. Il fut accueilli sur le terrain par le claquement de la porte des toilettes.

Deux semaines manquaient-elles vraiment à sa mémoire ?

David savait trop bien qu'il était plus judicieux d'écouter son instinct, et donc de fuir cet endroit pour retourner dans le boisé, ou même de rejoindre la rue qui le mènerait chez lui. Il n'en fit toutefois rien. Il se contenta de marcher avec lenteur vers la petite structure négligée qui hébergeait les salles de bain.

Il tremblait en se dirigeant vers la rampe de bois pour s'y engager. Les réponses à toutes ses questions se trouvaient ici, il lui suffisait de retrouver son ravisseur. Du coin de l'œil, il aperçut l'église délabrée sur sa gauche dont l'ombre, en plein jour, l'aurait recouvert.

Sur le banc à la mémoire de la famille Godbout, non loin de lui, reposait un bouquet de fleurs colorées.

5

David demeura en retrait, préférant ne pas s'approcher des fleurs fraîches. Il s'avança plutôt vers les marches en bois usés par les intempéries. Seuls le martèlement de ses pas et les battements rapides de son cœur offraient une distraction sonore. Il se retrouva en sueur malgré le froid ambiant, s'arrêta devant les toilettes des hommes. David devait tenter quelque chose et n'avait pas le droit de quitter la place sans chercher à confronter la créature responsable de ses déboires.

Il se tenait sous la faible ampoule qui éclairait les alentours et qui soulignait les traces de sang sur son visage tendu. La porte n'offrit aucune résistance lorsqu'il l'ouvrit. Il faisait noir dans la pièce et d'une main hésitante, les dents serrées, il se mit à tâtonner à la recherche d'un interrupteur. Il craignait que la créature ne lui agrippe le bras. Ses doigts trouvèrent enfin ce qu'ils cherchaient, mais le plafonnier ne fonctionnait plus.

David recula pour s'éloigner du gouffre sombre et la porte se referma bruyamment. Il observa ensuite la piste, le terrain de jeu et la forêt au-delà. Les lampadaires clignotaient, menaçant de s'éteindre à tout moment. Une vision très réaliste s'empara soudain de lui : le décor demeura le même, mais au lieu d'être la nuit, cela se déroulait en plein jour. Il serait l'unique témoin de cette scène particulière, puisqu'il épiait son double lors de sa marche où tout avait basculé.

Interloqué, il assistait aux évènements survenus tout juste avant sa disparition. Le David face à lui passa non loin du terrain de jeu, puis arriva devant le banc à la mémoire des Godbout, s'immobilisant en voyant les fleurs. Il demeura ainsi pendant quelques secondes, curieux, avant de reprendre la marche, s'engageant dans le virage tout près du stationnement pour accélérer l'allure.

Toujours dans la vision, un claquement accompagna la fermeture de la porte des toilettes. Dans le jour ensoleillé, des bruits de pas rapides résonnèrent sur la terre battue, on aurait dit un animal au galop. Le David qui suivait cette scène antérieure et qui se trouvait en pleine nuit pivota pour voir ce qui avait provoqué les sons. Il aperçut alors une silhouette qui s'accroupissait derrière un bosquet, dans l'ombre d'un immense érable, tandis que son double approchait ce point précis de son parcours.

Il était inutile de crier, puisqu'il assistait au passé et ne pouvait rien y changer.

Le David d'il y a deux semaines avança jusqu'au terrain de jeu, perdu dans ses pensées. Il ne vit pas la silhouette qui en profita pour surgir des buissons et lui sauter dessus. C'était le vieux maigrichon. D'un élan brutal, il envoya valser David contre la clôture à mailles de chaîne. Un coup de poing sur la tempe lui fit ensuite tourner de l'œil.

Témoin impuissant de ce spectacle, David se couvrit la bouche d'une main, horrifié, pendant que la créature puante et sale tirait le corps inerte sur la piste, sans égard pour les détritus ou les cailloux. Le David du passé fut entraîné vers les marches, puis soulevé et basculé sur l'épaule de son agresseur, qui l'emmena directement dans les toilettes.

La vision s'éteignit aussi soudainement qu'elle était apparue, laissant un David pantois dans l'obscurité, tout près de la bâtisse délabrée. Sa peur était si intense qu'elle compressait ses poumons et le menaçait d'hyperventilation. Il s'éloigna pour rejoindre le sentier, il ne désirait plus être ici. Il ne voulait plus jouer au détective.

Il devait quitter cet endroit maudit et fuir le démon qui l'habitait.

David se tourna vers le stationnement lorsqu'une autre hallucination l'assaillit. Celle-ci se déroulait en pleine nuit. Le vieux maigrichon déposait son double au sol, non loin de la fontaine, puis s'écartait en bondissant pour retourner dans les toilettes. Les fleurs sur le banc tout près étaient fanées. Son sosie se leva péniblement, avant de regarder autour de lui avec confusion. Il reprit la marche, d'abord en titubant, avant de gagner un peu en vitesse. Il fit un tour complet comme si de rien n'était.

Ce fut au moment où il arriva près du banc qu'il remarqua le bouquet défraîchi.

Le reste, David ne le connaissait trop bien. Suivit la fatigue, le trajet jusque chez lui et l'absurdité de son absence prolongée. Son éveil en pleine nuit et l'attaque de la créature hideuse.

La vision s'estompa et David eut une pensée soudaine pour sa mère qu'il avait lâchement abandonnée dans un état qui nécessitait probablement des soins médicaux. Il avait toujours la possibilité d'aller la rejoindre, de s'occuper d'elle, mais quelque chose l'en empêchait. Ne pas comprendre ce qui s'était passé le torturait.

David se retourna pour observer le panneau où un petit bonhomme de sexe masculin était peint. Il réfléchissait. Au loin résonna un klaxon et le vent fit bruisser les branches, remuant quelques feuilles vagabondes qui jonchaient le sol.

Puis, dans un geste de pure folie, David s'avança vers la poignée de la porte menant aux toilettes hommes pour l'ouvrir une nouvelle fois.

6

David entra dans la pièce où régnait l'odeur caractéristique de toilettes publiques malpropres. On avait disposé des dizaines de bougies allumées un peu partout, dont la lumière dansait sur les murs au rythme des courants d'air.

La porte se referma dans son dos en claquant.

David vit la cabine à sa droite et refoula un haut-le-cœur en imaginant la cuvette maculée d'excréments et d'urine, un amoncellement de papier hygiénique y flottant. Son attention se dirigea ensuite vers le trou au plafond, tout juste au-dessus du lavabo brisé. Il avança d'un pas, piétina des éclats de céramique et de miroir qui jonchaient le plancher.

Les yeux levés, il nota qu'on avait déplacé une tuile pour libérer un espace. Un espace noir. Le seul son qu'il percevait venait de gouttes d'eau qui chutaient avec régularité du robinet.

David se posta sous le rectangle sombre, où il crut apercevoir, aidé par la lueur des chandelles, des fils ou de la plomberie.

Il se figea.

Le visage de la créature apparut dans l'ouverture en grognant, le faisant sursauter. Couchée sur le ventre, elle tendit le haut de son corps vers le bas, vers lui. La manœuvre était impossible, ses bras n'auraient pas dû être suffisamment longs pour l'agripper, mais c'est pourtant ce qui se produisit. David sentit le souffle chaud et l'odeur pestilentielle de la créature, avant qu'elle ne le saisisse sous les aisselles pour facilement le soulever de terre et le tirer vers le haut. David battait des jambes, cherchant à se dépêtrer de l'emprise, mais n'y réussit pas.

Il se retrouva sur un plancher poussiéreux, ce qui le fit éternuer. Ses pitoyables tentatives de se libérer demeurèrent vaines; le vieux le retenait avec bien trop de fermeté. Il regrettait amèrement ses sottes idées d'exploration. Si seulement il avait écouté la voix de la raison et avait plutôt décidé de rentrer chez lui…

Graduellement, l'envie de lutter l'abandonna. Jamais il n'arriverait à se libérer par la force.

La créature lui attrapa une jambe et le traîna sur le ventre avec une rapidité déconcertante. David ne trouva rien après quoi s'accrocher. Son corps accumula les échardes, et son nez, la poussière qui se soulevait. Heureusement, il fut trimbalé sur une courte distance avant d'être relâché. Son menton percuta le sol. Il roula sur le côté et leva les bras pour se protéger. Il entendit une respiration sourde tout près. Un mélange de sueur et de pourriture remplaçait l'odeur des toilettes.

Une voix faible, mâle et traînante, se mit à réciter une litanie biblique dont l'origine échappait à David.

— Elle est tombée, elle est tombée, Babylone la grande ! Elle est devenue une habitation de démons, un repaire de tout esprit impur, un repaire de tout oiseau impur et odieux.[1]

Sur ses gardes, David tenta de déterminer l'emplacement exact de la créature dans les ténèbres. Quelque chose d'humide se déposa sur son épaule, le faisant sursauter. Il chercha à s'écarter, mais cela lui grimpa sur le dos pour le plaquer durement au plancher. Une bouche d'où s'écoulait un filet de salive vint se coller à son oreille. Le corps maigre sur lui était chaud et sa peau, graisseuse. Les mots l'atteignirent avec l'effet d'un uppercut.

— Je ne voulais pas prendre ta mère.

David se figea. Son esprit lui jouait des tours. Il

---

[1] Apocalypse 18 : 2

devenait tout simplement fou. L'idée qu'il hallucinait sembla la meilleure explication pour tous les phénomènes observés. La créature demeura sur son dos, mais posa une main sur son crâne pour diriger sa tête vers la gauche. Elle parla à nouveau. Ses lèvres effleurèrent l'oreille de David, qui sentit même sa langue qui glissait sur sa peau.

— Vois par toi-même !

Le décor se métamorphosa. La noirceur laissa place à une église dont l'intérieur était nimbé de la lumière du jour qui pénétrait par les vitraux. David se doutait bien qu'il visitait le bâtiment adjacent au terrain de jeu. Une vingtaine de croyants occupaient les bancs, tandis qu'un prêtre à l'avant préparait la communion. Le regard et les traits du visage de ce dernier ne trompaient pas; il était bel et bien la créature maigre et sale qui tenait David plaqué au plancher.

Le prêtre avança au bout de l'allée centrale, levant un bras pour signifier à ses paroissiens de s'approcher. Les fidèles lui obéirent. Il distribua les hosties en livrant son message aux gens qui retournaient ensuite s'asseoir.

Les deux enfants de chœur en retrait eurent aussi droit à leur part. La communion terminée, le prêtre regagna son podium près de l'autel pour entamer la lecture d'un verset biblique inaudible pour David, qui n'entendait que les martèlements de son cœur dans ses oreilles. Il venait de reconnaître sa mère, seule sur un banc, tout au fond. Que faisait-elle là ? Elle paraissait plus jeune. Il estimait qu'elle devait se situer au début de la vingtaine.

Un homme dans la nef se leva soudainement, vociférant et battant des bras, frappant les gens qui se trouvaient près de lui, sans égard pour les femmes et les enfants. Un second paroissien rigola à voix haute en se dénudant, crachant son fiel sur les croyants autour de lui. Une dame tomba au sol où elle fut prise de convulsions. Elle déchira sa blouse pour exhiber sa poitrine. Un quadragénaire grisonnant et un adolescent boutonneux se jetèrent sur elle pour la prendre avec violence, tandis qu'elle riait comme une cinglée. Un des enfants de chœur s'avança vers le bénitier pour y plonger son visage et boire avec avidité, son compagnon déféquant quant à lui sur le plancher.

Les fidèles devenaient fous, se bataillaient, hurlaient, baisaient avec une urgence et une fièvre animale inimaginable, sans se préoccuper de l'âge, du sexe ou des liens familiaux.

David vit sa mère s'approcher d'une colonne en marbre pour essayer d'y grimper, sans y arriver. Le prêtre la rejoignit. Il s'était délesté de sa soutane et de son col romain. David sentit naître un très mauvais pressentiment; il craignait le spectacle à venir. Immobile, il fut toutefois incapable de fermer les yeux. Les soubresauts du corps qui l'emprisonnait semblaient indiquer que la créature riait.

Le prêtre frappa Yolande au visage et la poussa au sol. Elle saignait du nez. Ils se retrouvèrent rapidement tous les deux sans vêtements. Non seulement sa mère n'offrit aucune résistance, mais elle paraissait même plus qu'encline à participer aux ébats, envahie d'une sorte de frénésie. Ils copulèrent ainsi contre la colonne, dans toutes les positions imaginables, surtout les plus douloureuses.

Voilà donc pourquoi il ressemblait tant au prêtre : ce vieux maigrichon était bel et bien son père.

Le religieux se retira enfin d'entre les cuisses ouvertes de sa mère en sueur, pour ensuite se rendre sur l'autel et y ramasser le calice contenant le vin de messe. La plupart des gens s'adonnaient à une orgie bestiale, sans se soucier de ce qui les entourait. Le prêtre s'approcha d'un premier couple, entre deux bancs et à l'écart d'âge plus qu'important, qui se cajolait en gémissant. Sans rien dire, il les frappa à la tête et au visage, tandis que ses victimes empourprées riaient aux éclats. Ses halètements d'efforts résonnaient en écho dans la vaste église, et lorsque le duo cessa de bouger, le prêtre passa aux suivants, sans discrimination. Femmes, hommes, enfants et vieillards y passèrent tous, sans offrir la moindre résistance.

Devant David, tout était rouge. Rouge sang. Une étendue de chairs molles et déchirées, mutilées, qui lui donnait le tournis. Il se mit à pleurer en réalisant que sa mère s'était éclipsée, emportant en elle la semence de cet homme de Dieu qui venait de commettre à répétition l'ultime péché.

Voilà pourquoi il n'avait jamais connu son père, dont la simple évocation était taboue.

La créature qui le plaquait au sol se retira enfin, mais la vision persista pour David. Le prêtre se mit à genoux, ramassa un couteau de poche, un petit canif bleu aux motifs de fleur de lys, tombé des poches d'un paroissien. Il sanglotait et lança un regard mauvais et rempli de défi vers le crucifix installé au-dessus de l'autel. Il exprima toute sa colère dans un cri de rage.

— Sois maudit, enfant de chienne !

Il leva ensuite son bras et d'un mouvement sec, passa la lame sur son cou, creusant sa gorge avec une facilité déconcertante. Le sang coula. Le hurlement qu'il poussa se changea rapidement en gargouillis. L'arme souillée s'échappa de sa main, tandis que son corps se balança un moment à genoux avant de chuter comme l'arbre abattu par un bûcheron. Le bruit sourd qui suivit chassa la vision. David était de retour dans une semi-noirceur.

De la lumière pénétra par les vitraux, ainsi que par la double porte ouverte à l'avant de l'église. C'était là que se trouvait David, dans l'allée entourée de bancs, avec l'autel et le crucifix derrière lui. Tout était comme dans la vision, mais délabré, et envahi par les toiles d'araignées.

Et là, David comprit ce qui s'était passé.

Les hosties.

On avait empoisonné le corps du Christ. Drogués, les croyants avaient perdu la tête. David se souvenait de la fascination de sa mère pour les récits de sorcières, le procès de Salem et d'autres évènements de l'histoire impliquant des comportements anormaux de gens à la suite de l'ingestion d'aliments avariés ou de psychotropes. Elle était obsédée par le sujet.

Pouvait-elle avoir fait cela ? Simplement pour constater de ses propres yeux les conséquences d'un tel phénomène de masse ? Il n'en savait rien.

La lumière qui entrait dans la maison de Dieu venait des multiples gyrophares qui faisaient danser des éclats de rouges et de bleus sur les murs, créant des ombres inquiétantes, des formes, humaines ou non, qui s'animaient. David regarda vers la sortie. Il vit des silhouettes, sombres et rapides, se positionner de chaque côté de l'ouverture. Le stationnement devait compter une demi-douzaine de voitures de police.

On avait dû trouver le corps de sa mère.

David leva le poignard au manche de bois qu'il tenait, celui fabriqué par son grand-père maternel, un des rares souvenirs de lui que conservait Yolande.

La lame était maculée de sang. David regarda tout autour, découvrit qu'il était seul. Une voix d'homme autoritaire déchira le silence, résonnant en écho dans la nef.

— David, lâche ton arme. C'est la police. Nous voulons discuter avec toi. Tu comprends ?

Discuter avec lui ? Pourquoi ? Pour localiser la créature ? Il regarda à nouveau le poignard. D'où venait ce sang qui le tachait ? David recula en se poussant sur les fesses avec ses pieds, ce qui provoqua des murmures et des déplacements dehors, on changeait d'angle, on se positionnait mieux.

— Reste où tu es, David !

Le rideau tombait, la réalité s'imposait. David s'était disputé avec sa mère, dans la chambre de celle-ci. Il revoyait la discussion animée, les cris de Yolande qui lui frappait la poitrine, l'accusait des horreurs les plus sordides. Elle prétendait qu'il avait tué son beau-père.

David détestait entendre ainsi la vérité.

Il avait récupéré le poignard de son grand-papa, utilisé à la sortie d'un bar de Verdun, quelque temps plus tôt. Il avait fouillé les affaires de sa mère pour trouver l'identité de son géniteur. Un certificat de naissance obscur était apparu parmi les documents rangés dans une chemise. La case père affichait le nom d'un homme qu'il ne connaissait pas, mais des coupures de journaux cachés dans le placard furent suffisantes pour lui faire comprendre qu'il s'agissait du prêtre qui y était mentionné.

Les articles criaient au scandale; un curé avait couché avec une employée du presbytère! La mère de David, qui entretenait alors une relation avec le prêtre, n'avait pu supporter qu'il l'ait trompé avec sa servante. Elle l'avait dénoncé à ses supérieurs. Une histoire de jalousie était possiblement à la source de cette tragédie survenue dans l'église. Encore une fois, il ne pouvait être certain de rien.

Yolande avait découvert son fils en entrant dans sa chambre. Il tenait des documents dans une main, un 40 oz de rhum dans l'autre. Il l'avait attendu, assis sur le lit. La discussion s'était transformée en altercation, David avait frappé sa mère au visage avec la bouteille après qu'elle l'eut giflé en criant « C'est à cause de toi que j'ai plus de vie... »

David était demeuré immobile, pantois. Yolande était tombée, son crâne percutant la table de nuit avec un choc sourd. Elle ne s'était pas relevée et il en avait profité pour fuir, aller au seul endroit à proximité qu'il connaissait et où il pouvait se cacher. Le trou au plafond de la salle de bain du parc, où il était resté quelques heures, quelques jours, jusqu'à ce que la faim prenne le dessus.

Il aurait aimé avouer à sa mère à quel point il la détestait, à quel point il aurait voulu qu'elle l'écoute, qu'elle soit là pour lui. Elle ne le croyait jamais lorsqu'il accusait son dernier beau-père des saletés commises par ce monstre dégoûtant. Elle faisait la sourde oreille. Difficile d'admettre que personne ne pouvait l'aider. Il subissait en silence l'horreur de sa solitude. Comment ne pas devenir un adolescent troublé ?

David avait plus tard remonté la rue en pleine nuit jusqu'à la première maison qu'il avait croisée pour y entrer par effraction en brisant un carreau. Il connaissait la résidente, madame Dubé, qui y vivait seule depuis la mort de son mari, trois ans auparavant. Elle se déplaçait en fauteuil roulant et n'avait pas de chien. Une proie facile, et une commère détestable.

Le sang de la vieille maculait toujours sa lame. David

l'avait tué avant de manger, de boire, et de s'enfuir comme un animal rendu fou.

— David, dépose ton couteau. On veut juste jaser, je peux venir te voir sans arme ?

Une silhouette attira son attention. Elle se tenait tout près de l'orgue et de la porte qui donnait sur la salle à l'arrière de l'église, où le prêtre gardait ses vêtements et les articles pour la messe. Il reconnut le curé, à qui il ressemblait beaucoup. Son père. Mais il comprit également qu'il ne s'agissait que d'une vision. Il savait aussi que la situation ne mènerait qu'à une seule et unique chose : la mort.

Sa mort.

Son père souriait, et David leva l'arme pour la planter de toutes ses forces dans son cou. La douleur fut brève. Le sang gicla et les policiers crièrent en s'élançant vers lui. L'un d'eux hurla à un collègue d'appeler une ambulance.

David s'écroula. Des bulles se formèrent au coin de ses lèvres tandis qu'il râlait. La lame du couteau était fichée dans sa peau. Elle avait coupé tout ce qu'elle avait rencontré. Tel père, tel fils, non ?

Avant de trépasser, David entendit une phrase, livrée par le prêtre de sa voix des grands sermons. Il se tenait tout près et l'observait avec tendresse.

— Il y a un temps pour tout, un temps pour toute chose sous les cieux : un temps pour naître, et un temps pour mourir...[2]

---

[2] Ecclésiaste 3 : 1-4

Cauchemar
Éric Quesnel

Montréal, 1979. Les journaux rapportaient que la reprise des exportations venait de faire monter le dollar canadien. Du côté conservateur de l'Église chrétienne de Montréal, Monseigneur Emmett Carter était d'avis que la dispute sur la thèse des deux peuples fondateurs, n'était qu'un manque de communication entre les Anglais et les Français. Ailleurs, certains articles révélaient que l'URSS internait des milliers d'enfants dans les camps de travaux forcés. Assis dans le bus qui allait le mener à la rue Rachel, Fernand Larouche, lui, se foutait de tout ça. Était-il seulement au courant de ce qui se passait autour de lui et dans le monde.

Il avait pris l'habitude de dévisager tous ceux qu'il rencontrait durant quelques secondes, avant de passer au suivant. Cet homme dans la quarantaine ne voyait pas ce que les autres voyaient. La femme de quatre-vingts ans qu'il regardait devait être une agente double, car ce n'était pas la première fois que leurs chemins se croisaient.

Probablement son ancien patron qui avait engagé une firme d'investigation afin de savoir s'il se plaisait davantage à son nouveau travail. Ce vaurien devait regretter de l'avoir congédié. Puis l'homme à sa gauche, sur un banc bleu au dossier imitant le cuir : quand il l'observait durant plus de dix secondes, Fernand percevait son vrai visage. Les cornes. Les yeux rouges. La lueur. La fameuse lueur rouge qui entourait la silhouette et qui trahissait les démons. *Un suppôt de Satan*, se disait-il, toujours prêt à se défendre, si le jour du jugement dernier devait se pointer soudainement. Même le chauffeur semblait louche. Fernand sentait que tous les passagers étaient contre lui. Eux, comme tous ceux qu'il croisait à son quotidien d'ailleurs, à quelques exceptions près. Le curé de l'église, entre autres, et la femme qui s'occupait du jardin dans la ruelle, derrière le logement où il demeurait avec sa vieille mère. L'enfant, à quelques sièges de lui, n'osait pas le regarder.

Enfin un qui a compris qui est le plus fort des deux.

Fernand sortit une feuille sur laquelle il avait dessiné un étrange symbole. Une sorte d'arc au milieu d'un cercle. Au-dessus de celui-ci, un œil avec des rayons qui descendaient vers l'arc en s'élargissant. Un dessin sans couleur, au crayon de plomb. Sur chaque coin de la feuille, une pyramide. Fernand montrait la feuille à tous en allongeant son bras. Après avoir jeté un œil dessus, les gens en détournaient rapidement le regard. Sa protection fonctionnait. Il savait qu'avec ce bouclier, personne n'oserait s'en prendre à lui. Pas même un disciple de Satan. Fernand ne devait pas oublier cette feuille chez lui au moment de partir, sinon il lui arriverait assurément malheur.

— Hey ! cria-t-il à deux adolescentes qui ne l'avaient pas regardé encore.

Les deux se retournèrent en sursautant. Il exhiba le dessin protecteur devant leur visage. Les jeunes filles se regardèrent et se levèrent pour changer de place et aller vers l'avant du bus. Fernand les suivit des yeux et croisa le regard du chauffeur dans le rétroviseur. Un ennemi sournois qui n'attendait sûrement que le bon moment pour s'en prendre à lui.

— VOUS AVEZ PEUR HEIN ! BEN, DITES-VOUS QUE JE TRAÎNE MA PROTECTION TOUS LES JOURS… VOUS NE M'AUREZ PAS.

Fernand colla son dessin au visage des gens en retournant s'asseoir sur le dernier banc à l'arrière et la personne à côté se leva à son tour pour s'installer ailleurs, elle aussi. Il avait soudainement chaud et voyait les parois de l'autobus se rapprocher. Le plafond s'abaissait.

Sûrement pour l'écraser. Apeuré, il tira une vingtaine de fois le fil qui sonnait la clochette, signifiant au chauffeur qu'il descendrait au prochain arrêt. Il alla à la porte arrière en se penchant, évitant le piège à la con classique du plafond qui descend pour en finir avec lui. Lui qui connaissait la vérité. Au diable le trajet facile. Il marcherait un peu plus longtemps. Il savait qu'il devait tourner à droite quand il arriverait au casse-croûte *chez Solange* et qu'ensuite son lieu de rendez-vous ne serait plus bien loin.

Pendant sa marche, il choisit de se cacher derrière un poteau d'Hydro, le temps de laisser passer un homme de petite stature. Ce dernier le cherchait sûrement. Selon sa perception, certains le traquaient pour lui soutirer les informations qu'il avait recueillis sur ses ennemis sournois au fil des années.

Dès qu'il reconnut le casse-croûte, il tourna à droite comme prévu, mais avança d'abord la tête pour voir si personne ne se trouvait sur le même côté de rue. Il ne voulait pas que qui que ce soit ne le voit entrer à l'endroit de son rendez-vous. C'est au bout de dix minutes qu'il franchit la porte et monta l'escalier de l'édifice à bureaux. Local 210. Il passa la porte en plaçant son dessin droit devant lui afin que la personne derrière le bureau le voit bien.

— Bonjour Fernand.

Le principal intéressé ne répondit pas, tenant le dessin devant son interlocutrice, à trois mètres de distance.

— Vous avez changé de dessin aujourd'hui ?

— C'est le même, mais avec davantage de protection. Les pyramides aspirent le mal et l'œil rend les ennemis inoffensifs.

La femme demeura de marbre devant de telles absurdités.

— Docteur Béliveau va vous recevoir dans quelques minutes.

Fernand s'assit bientôt en face de son psychologue. Il déposa sa feuille sur le coin du bureau, même s'il n'en avait nul besoin. Il avait déjà apprivoisé le médecin traitant et mis au pas cet ennemi, ce démon, depuis longtemps.

— Comment vous sentez-vous en ce moment Fernand ?

— Comme d'habitude.

— Vous prenez ce que je vous ai prescrit ?

— Oui, mentit-il.

— Fernand, c'est important que vous preniez votre médication, on en a déjà discuté et j'en ai glissé un mot à votre mère. Au fait, comment elle se porte ?

Fernand ne répondit pas.

— Elle est rendue à quel âge ?

— Soixante-treize ans. Mais ça, c'est l'âge humain. Selon mes recherches, ma mère est une âme élue de trois cent vingt-sept ans. J'ai repris le flambeau et c'est moi qui purge maintenant.

— Le flambeau de quoi ?

— De ceux qui voient la vérité. Le monde selon ce qu'il est vraiment. La purge des âmes et tout le reste.

— Ça aussi on en a parlé. Pourquoi vous n'êtes pas venu à vos trois derniers rendez-vous ?

Fernand fixait sa main côté paume et ensuite ses jointures en retournant sa main. Il répondit sans détourner les yeux de sa main qu'il contemplait bizarrement, sans trop que le docteur ne sache pourquoi.

— En ce moment, il se passe des choses. Comme une transition. Une passation de pouvoirs venant de ma mère, je pense.

— Dans quel sens ? Racontez-moi.

Fernand regarda enfin le docteur. Le seul à soutenir son regard dans la vie de tous les jours.

— Ça commence souvent vers 21 h quand je vais me coucher. C'est la liste, vous comprenez ?

— Non, Fernand. Je ne comprends pas.

Expliquez-moi.

— Je me couche vers 21 h et c'est souvent là que ça commence. Mes visions de la vérité. La première fois, c'était vraiment épeurant. Y avait du sang partout. Je n'ai pas fait dans la dentelle, je dois dire. C'était la serveuse du restaurant où je vais de temps en temps avec maman, mais là j'ai su que je devais y aller tout seul. J'y suis allé. Il y a cette liste qui apparaît dans ma tête et c'est elle qui est en premier dessus.

— Une liste ? Parlez-moi de cette liste.

— Ben, c'est la liste des damnés. Les démons les plus dangereux. Je dois purger le monde de ces êtres abjects.

— OK et donc, la serveuse dont vous parlez est la première. C'est bien ça ?

Le docteur savait qu'il allait entendre un long monologue décousu et incohérent de la part de son patient. Cependant, c'était nécessaire pour la suite des choses et pour l'analyse de la psychose de son client.

— Oui. C'est ça. Tout commence par ma rencontre avec elle. Je savais qu'elle était l'une des plus dangereuses que j'ai connues. C'est pour ça que c'est elle qui était en premier. Ça commence toujours pareil. Je vois comme une lumière autour d'eux. Une lueur rouge qui les entoure.

✸ ✸ ✸

Fernand allait toujours manger avec sa mère au moins deux fois par mois dans ce restaurant. Tout de suite, il avait vu l'aura rouge et éblouissant se former autour de Pénélope, la serveuse attitrée à leur table. Elle avait pris les commandes.

— Tu l'as vue, la lumière dont je te parle, maman ?

— Oui, oui, mon grand. Inquiète-toi donc pas avec ça. Regarde, c'est une plante que j'aimerais bien avoir à la maison.

Elle détournait l'attention de son fils pour tenter de le sortir de ses interprétations bizarroïdes. Elle avait composé toute sa vie avec les troubles mentaux sévères de Fernand. Elle avait dû quitter la plupart de ses emplois et divorcer du père qui les avait tous deux abandonnés.

— C'est toi qui vas lui parler, maman ?

— Oui.

Pour Fernand, il venait de rencontrer la première personne à purger. Purger son âme. La femme le regardait avec un mélange de crainte, de curiosité et de plaisir, car dans les faits, bien qu'aux prises avec des troubles mentaux, Fernand était très bel homme et dans les premières secondes où on le rencontrait, il semblait être normal. Mais plus les minutes passaient, plus le malaise s'installait en constatant son état. C'était parfois troublant pour les gens de composer avec les situations provoquées par cet homme que la vie n'avait pas épargné. Quoi qu'il en soit, Pénélope allait bientôt apparaître première sur la liste, comme il l'avait pressenti.

* * *

Le psy écoutait attentivement et prenait des notes. Il se permit une question:
— Quel est le rôle de cette liste, quand vous dites « purger son âme » ?
— Vous n'avez pas besoin de savoir. Vous comprenez ? Seuls ceux choisis y ont accès.
— Poursuivez dans ce cas, Fernand.
Le patient réfléchit, le regard dans le vide, avant de reprendre :
— Elle devenait assurément la première personne de ma liste. Une liste que je n'alimente pas. Elle apparait dans ma tête, comme ça et puis c'est tout. Vous comprenez doc?

Le psychologue ne répondit pas à cette question qu'il savait rhétorique.

— Cette serveuse avait cette lumière autour d'elle alors je me disais « il faut que je la revoie », mais sans maman. Je devais, de toute façon, lui donner la preuve que j'allais être en mesure de prendre le relais quand elle ne pourrait plus assumer ses responsabilités. La fameuse passation dont je vous parlais, tout à l'heure. Alors, il ne me restait plus qu'à faire ce qui devait être fait.

— C'est-à-dire ?

— J'y arrive. Patientez doc ! Je revois la lumière rouge qui l'entoure quand je l'amène à l'usine désaffectée.

— La serveuse ?

— Pénélope, oui. C'est brutal et je refuse de la laisser m'aveugler avec cette lumière plus longuement. Elle est là. Elle me supplie. Je parviens à l'attacher. Je colle mon dessin protecteur sur sa poitrine. La puissance de l'ennemi est forte parce que je vois sa poitrine. Elle est nue. J'ai déchiré ses vêtements.

Les lèvres retroussées de Fernand formaient un étrange rictus. Il relatait les événements comme s'il y était, le regard dans le vide, vers le coin du mur à sa droite.

— Elle sait qui je suis. Elle sait que c'est moi qui ai été désigné. Ça se sent ce genre de choses dans le regard des gens.

— Quelles choses, Fernand ?

— L'impureté. Mais vous ne pouvez pas comprendre. Quoi qu'il en soit, le combat entre la purge que je dois mener et la tentation sexuelle qu'elle me projette pour faire de moi sa prochaine proie n'est pas facile, loin de là. Je la touche, c'est sûr. Une faiblesse de ma part jusqu'à ce que je me ressaisisse. Là, je deviens sans pitié. Elle essaie de crier pour avertir les autres impurs et je lui en retire l'envie tout de suite.

— Comment ?

— Je prends ce que j'ai à ma portée. Une grosse pierre ou un morceau de béton, je ne me souviens plus. Sûrement un morceau de béton parce que nous sommes à l'intérieur. Je vois les démons tournoyer près des néons de l'usine, ils sont tout autour de nous. Ils veulent s'en prendre à moi, mais je suis protégé par mon dessin. J'ai fait beaucoup de recherches là-dessus et ma protection est hyper puissante contre tous ceux qui veulent s'en prendre à moi.

— D'accord, mais cette pierre ou ce bloc de béton, vous en faites quoi, Fernand ?

— Je l'abats contre son visage. Plusieurs fois. Le deuxième coup, il y a de la chair, des dents et des cheveux qui se mêlent au sang sur la pierre. Le soulèvement de sa poitrine démontre qu'elle respire encore. Je ne peux pas lui boucher le nez et la bouche; elle n'en a plus. C'est drôle parce que je vois la défaite dans le regard des êtres volant autour et je comprends aussitôt le sentiment de puissance que doit éprouver maman à chaque fois. Le ciel devient un grand tourbillon et ils disparaissent tous dans cette spirale qui monte. Ils deviennent comme une fumée. Une fumée grise. Aucun d'entre eux ne s'est opposé à moi, sauf Pénélope qui tente de m'attirer dans le vice pour m'affaiblir. Plusieurs minutes après sa mort même. Je n'ai plus envie de la toucher, par contre. Elle me dégoûte. Je lui lance un de ses vêtements au visage. Je ne veux pas croiser l'œil qui lui reste. De cette façon, je constate que j'ai encore beaucoup de chemin à faire avant de devenir aussi fort que ma mère dans cette mission.

De nouveau, Fernand se refermait dans ses pensées devant le docteur qui attendait la suite.

— Que se passe-t-il alors ?

— Je ne sais pas. Ce n'est pas très clair dans ma tête. Du moins pas aussi clair que le reste de ce que je viens de vous raconter, mais une chose est sûre, c'est que lorsque je me réveille, je suis complètement épuisé. Vidé.

Je n'ai plus aucune énergie, mais je me sens très léger et j'ai le sentiment du devoir accompli.

— D'accord et dites-moi, Fernand… c'est la seule fois ?

— Non. Oh, que non. La seconde fois est épique. Le salaud a beaucoup résisté.

Le docteur réfléchit quelques secondes. Il déposa le crayon lui servant à prendre des notes.

— Vous avez soif, Fernand ? Je sais que vous aimez l'orangeade. J'en ai de l'autre côté. Je vais aller réchauffer mon café si ça ne vous dérange pas et vous apporter ça en même temps.

— En bouteille ou en canette l'orangeade ?

— Canette.

— D'accord, mais ne l'ouvrez pas, c'est moi qui vais le faire.

— Bien sûr, à votre aise. Je reviens dans deux minutes.

Le docteur Béliveau se leva en souriant à son patient, qui ne lui rendit pas cette marque de politesse. Il laissa la porte ouverte en sortant et se rendit directement aux côtés de sa conjointe et secrétaire. Il se pencha en appuyant ses mains sur le bureau et elle se retourna vers lui en faisant pivoter sa chaise.

— Dis-moi, nous avons encore cette

enregistreuse dont nous nous étions servis dans le cas Deschambault ?

— Euh oui, je crois bien.

— Il me la faut. Mets-la en fonction et place-la dans une boîte en prétextant un colis que tu viendras me porter. Tu le laisseras sur le coin de mon bureau.

— Il y a un pépin ?

— Je crains qu'il ne prenne plus sa médication. Il commence à faire des cauchemars avec délire psychotique. Comme sa mère ne semble plus en grande forme, je vais fortement recommander qu'il soit placé en institution. Je me servirai de l'enregistrement pour justifier ma décision.

— Oui, d'accord, je t'apporte ça.

— Merci, ma chérie.

Il alla au frigo de la salle de repos et prit une canette d'orangeade. Le bruit du condensateur était terrible et ça lui rappelait que le réparateur devait le contacter la veille, ce qui n'avait pas été le cas. Il se versa un café de la carafe du matin puis retourna s'asseoir à son bureau.

— Voilà !

Fernand ne formula aucun remerciement. Il se contenta de regarder la canette avec attention pendant plusieurs secondes. Il prit son dessin et le plaça en angle, en lui faisant faire le tour de la canette avec ses mains.

Lui seul savait ce qu'il voyait vraiment de cet objet. Le médecin suivait attentivement la manœuvre, ressentant une sorte de pitié. Il regardait sa montre. Quarante minutes avant son prochain rendez-vous : un homme dans la cinquantaine qui souffrait d'un traumatisme à la suite d'un vol à main armée.

La secrétaire entra pour apporter le faux colis qu'elle plaça, comme convenu, sur le coin du bureau en souriant timidement à Fernand.

— On a reçu ce colis ce matin. Désolée de vous déranger.

La canette fut relayée en second plan. Fernand plaça le dessin entre son visage et celui de la secrétaire qu'il jugeait beaucoup trop près de lui. Son inconfort était visible.

— Merci Louise.

Elle se retourna pour quitter la pièce.

— Semblerait que sa présence vous dérange, Fernand ?

— Elle est avec eux, ne le voyez-vous pas ? Elle est comme Pénélope, mais en beaucoup moins puissante. Elle m'attire vers le vice. Avec son corps, comme l'autre.

— Oui, bon ! Revenons à votre liste. Vous me disiez qu'il avait fortement résisté ?

— Oh que oui !

— Qui ?

— Le directeur d'école.

— Il est sur cette liste aussi ? Est-il toujours question de cette liste ou c'est différent cette fois-ci ?

— Toujours cette liste, doc. Une fois sous les couvertures, les pensées agissent seules, je n'y peux rien.

— Et pourquoi le directeur d'école ?

— Parce qu'il est parmi les ennemis, les impurs. Il y en a de toutes les sortes. Les disciples de Satan, les agents qui vous espionnent, les soldats qui recherchent les gens comme moi. Ceux qui en savent assez pour représenter un danger pour eux.

— Comment ça s'est passé cette fois ?

— Ce n'est pas l'important dans ce cas-ci. Je n'ai pas retenu grand-chose en mémoire, cette fois. Je sais que je l'ai purgé à coup de hache. Non, ce que je retiens, et c'est là ma force, je crois, c'est que je suis là, à le contempler dans une sorte de calme absolu. Je l'ai non seulement amené à ne plus respirer à l'aide d'une hache, mais en plus, il y a plusieurs morceaux à mes pieds. Morceaux que je dois mettre en sac et enterrer, car sa chair doit être privée de toute lumière du jour.

— Sinon quoi ?

— Quoi, sinon quoi ?

— Si les morceaux de corps en partie ou en

totalité sont exposés à la lumière du jour, il arriverait quoi ?

— Cela programmerait la renaissance et il reviendrait deux fois plus puissant.

— Vous l'avez fait aussi pour Pénélope ?

— Non ! Tout dépend de la sorte de démon que je purge.

— D'accord. Et vous vous trouvez où à ce moment-là lorsque vous purgez le directeur d'école, comme vous dites ?

— C'est étrange, voyez-vous, je ne m'en rappelle plus. Mais je vois la lumière rouge qui l'entoure. Elle s'éteint lentement, car j'ai très bien exécuté mon travail. Il y a ses protecteurs, sa bande qui m'encerle, mais une fois de plus, ils ne peuvent rien faire. Mon dessin les repousse. Certains volent dans les airs alors que d'autres ne le peuvent pas. C'est étrange, ils n'ont pas de visage. Ils changent légèrement de forme. Il y a des arbres et les arbres bougent, aussi. Je suis incapable de dire s'ils sont de mon côté et veulent me prévenir d'un danger, ou s'ils sont contre moi et donnent des instructions à ceux qui tournoient au-dessus de ma tête. Maman saurait, elle.

Fernand regardait son dessin, qu'il avait redéposé sur le coin du bureau après le départ de la secrétaire. C'est ainsi qu'il apprivoisait le docteur. En plaçant le dessin bien en vue. Il poursuivit son monologue :

— Il y a un chien aussi, qui déchire un sac d'ordures avec ses dents. Je prends un bout de jambe de monsieur le directeur et je le lance au cabot. Il part avec une partie de la jambe. Je ne l'ai pas revu. C'est quand même pesant un bout de mollet avec le pied, que je me dis sur le coup. Soudainement, je suis inquiet pour la bête parce que je n'ai pas retiré le bout de vêtement accroché au morceau que je lui ai envoyé.

— Que faites-vous avec le fait qu'aucune partie de son corps ne doit voir la lumière du jour ?

— Il n'y a pas grand soleil qui se rend jusqu'à l'intérieur de l'estomac d'un chien, alors ça ou le sac...

— Vous croyez donc que le directeur est un ennemi ?

— Un ennemi, oui. Un démon. Le chien ne les voit pas voler au-dessus de lui. Étrange, mais je ne peux pas lui en vouloir. Il ne sait pas et ne voit pas ce que moi je vois. Maman va être fière de moi, me dis-je au moment précis où le chien s'éloigne. Les blessures ne saignent pas autant que dans les films. Je suis là, à regarder, et je me dis allez, allez ! J'ai envie de goûter, mais je ne sais pas encore si boire un peu du sang des impurs me nuit ou me sert. Je passe donc mon tour. Comme je dis, je n'ai pas retenu grand-chose de cette âme purgée. Je me contente surtout d'observer la lumière rouge qui s'éteint tout autour, les démons qui s'éloignent pour disparaître dans leur répugnante fumée ou poussière grise. Je me contente de regarder, car c'est ce qui détermine la réussite de cette purge. Je donne davantage de coups de hache aux membres dont la lumière s'éteignait trop lentement à mon goût. Ce n'est pas si simple vous savez doc. Je dois rester alerte. Il pourrait en arriver d'autres et je me demande ce qui arriverait s'ils m'attaquaient avant qu'ils aient vu le dessin. Suis-je protégé parce qu'il le voit ? Ou la simple présence de ce bouclier arrive-t-elle à les repousser ? Si c'est le cas, je n'aurais qu'à le laisser dans ma poche, voyez-vous ? Nul besoin de le sortir et de le déplier afin que l'ennemi le voit, vous comprenez ? Je me suis dit que j'allais le demander à maman. La force et la noirceur de l'ennemi s'amenuisent, puis disparaissent dès que les sacs sont enterrés. Comme la fois précédente, je me suis retrouvé en sueur et complètement épuisé à mon réveil.

Le médecin garda le silence tout en prenant des notes. Il avait un cas particulier devant lui. Les divagations de ce dernier étaient élaborées et justifiées de toutes sortes de manières. Il avait hâte d'en discuter avec des collègues de la faculté. Trouver des réponses plausibles à tout cela. Il suivait Fernand depuis deux ans déjà. C'était le patient le plus atteint, mentalement, dans la dénomination du trouble qui l'affligeait. Le docteur était convaincu que Fernand ne prenait plus la médication prescrite et ne comptait pas trop sur la mère de ce dernier, elle qui n'avait plus la santé requise pour prendre soin de son fils.

Il prit en note le mot *Électrochocs préventifs* sur son carnet. D'ailleurs, la mère lui avait récemment confié, alors que Fernand n'était pas avec eux, qu'elle se mourrait d'un cancer, mais qu'elle ne voulait pas que Fernand le sache. Elle avait assuré qu'elle prenait toutes les dispositions nécessaires pour que Fernand soit pris en main. Dispositions dont le docteur était sans nouvelle. Il avait la forte impression qu'il devrait faire le nécessaire lui-même. Si par malheur, l'état de santé de la pauvre dame devait l'empêcher de prendre une décision éclairée quant à la démarche à suivre à propos de son fils, le simple consensus de ses pairs à la faculté de médecine allait suffire à entreprendre les démarches. Avec ce qu'il était en train d'enregistrer, cela ne faisait aucun doute qu'il obtiendrait les appuis nécessaires. Il regarda sa montre. Vingt-trois minutes avant sa prochaine rencontre.

— Donc, Fernand. En résumé, toujours après 21 h, une fois couché, vous avez vu deux fois cette liste où le nom des personnes que vous devez « purger » par le meurtre apparait.

— CE NE SONT PAS DES MEURTRES, MAIS DE LA PURGATION PURE ET SIMPLE ! PAR UN POUVOIR PUISSANT QUI SE TRANSMET DE GÉNÉRATION EN GÉNÉRATION !

Le médecin sursauta sur sa chaise. La porte s'ouvrit pour laisser passer la secrétaire qui était venue voir si tout était OK, à la suite des cris entendus. Fernand prit son dessin une fois de plus sur le coin du bureau et allongea le bras, de sa chaise où il se trouvait, en direction de la secrétaire.

— Ça va. Ce n'est rien. Merci. Fernand, calmez-vous et reprenons, vous voulez bien ? Employons le terme purge, vous avez raison. C'est moi qui me suis mal exprimé. Ça vous va ?

Après dix secondes de regards intenses, Fernand accepta de se calmer. Le psychiatre avait ramené le calme. Le dessin fut à nouveau placé sur le coin du bureau pour être certain que le psy continue d'être docile. Le psychiatre pensait à Louise. Sa conjointe avait semblé effrayée lorsqu'elle avait ouvert la porte. Il avait hâte de lui expliquer et de la rassurer sur le fait que son patient n'était pas un danger et qu'elle n'avait pas à craindre pour lui. Fernand n'avait aucun antécédent de violence. Béliveau fut extirpé de sa pensée par son patient qui se leva. Ce dernier disposa, à différents endroits dans la pièce, de petites pierres semblables à celles que l'on retrouve dans les allées de stationnement non asphalté. Du vulgaire gravier.

— Fernand ?

— Je vous promets de les retirer après notre rencontre, monsieur Béliveau. Il s'agit d'une protection supplémentaire pour moi. Je dois en placer à tous les points cardinaux de la pièce. Je n'aime pas l'énergie qui se dégage d'ici à cause de votre secrétaire qui vient sans aucun doute dans votre bureau afin d'avoir un œil malicieux sur moi.

— OK, mais Fernand... si vous le voulez bien, nous allons a...

— Elle vous a eu hein !

— Que voulez-vous dire ?

— Votre secrétaire. C'est l'une d'entre eux. Elle vous a eu. J'ai vu les regards entre vous.

— Écoutez Fernand, tenons-nous-en aux faits qui vous amènent ici aujourd'hui.

— Justement. Ma mère.

— Quoi, votre mère, Fernand ?

— Vous ne m'avez pas posé la question.

— Laquelle ?
— Est-ce les deux seules fois que c'est arrivé ?
— Est-ce les deux seules fois, Fernand ?
— Non ! Il y a également eu ma mère. Ma mère est la troisième personne sur ma liste.
— Votre mère ? Et pourquoi elle ?
— Parce que vous l'avez eu, elle aussi.
— Je ne comprends pas.
— Votre Louise à l'entrée. Elle vous a eu par le regard et vous, par la suite, vous avez eu ma mère en lui implantant ce monstre en elle qui la gruge.

Le docteur Béliveau se demandait quelle attitude adopter face à cette affirmation saugrenue. Il regardait rapidement le dessin, puis le gravier aux points cardinaux. Cette consultation devenait de plus en plus irréelle.

— D'accord Fernand et selon vous, expliquez-moi comment ?
— Ce n'est pas important. Nous en arrivons à la raison de ma visite. Je suis venu ici pour vous parler de ma mère qui s'est retrouvée sur ma liste d'âmes à purger.
— D'accord et comment s'y est-elle retrouvée ? Ça se passe toujours après vous être couché ?
— Oui.
— Vers 21 h ?
— Oui, environ.

Béliveau prit une note de nouveau.

— Je vous écoute Fernand.

— C'était bizarre. Un nuage monstre de démons tournoyait au-dessus de nos têtes. Il y avait une odeur âcre dans la maison où le plafond avait disparu, ne laissant au-dessus de nos têtes qu'un ciel gris et orageux. Je la sentais basculer vers la noirceur. Tout commence quand je vais la voir pour lui parler de la liste. Je lui parle de la serveuse, du directeur d'école. Je lui raconte pour la purgation. Elle a un regard incrédule. Je lui dis que je suis prêt pour la passation des pouvoirs, que je suis prêt à purger à mon tour. Elle est là, devant moi, et je ressens une immense déception, parce qu'elle me prend pour un imbécile.

— Pourquoi vous dites cela ?

— Parce qu'elle fait comme si elle ne savait pas de quoi je parle. Elle ne fait pas comme vous. Elle ne prend pas le temps de m'écouter. Elle ne me croit pas sur parole ou sans juger, comme vous le faites. Elle me demande d'arrêter de dire ce genre de chose. Elle dit que ce que je lui raconte est horrible. Je comprends qu'elle s'accroche à son titre de protectrice, mais je sais, à ce moment-là, qu'elle n'est plus en mesure d'occuper un tel rôle.

Le docteur Béliveau regarda la boîte où se trouvait l'enregistreuse qui captait les délires de Fernand.

— Elle est devant moi et ne veut pas me dire la vérité. Elle fait comme si elle ne voulait pas que je m'implique alors que c'est l'évidence même que je suis prêt pour ça.

— Mais Fernand ! Je me permets de vous interrompre parce que je suis curieux de savoir comment vous, vous avez su que votre mère était cette femme que vous prétendez ? Elle faisait partie de ceux qui ont été choisis ? C'est elle qui vous l'a dit ?

— Oui, c'est bien ça. Non, elle ne me l'a pas dit. Je ne suis pas fou, je l'ai constaté par moi-même.

— Comment ?

— Pourquoi vous voulez savoir ?

— Simple curiosité et pour m'aider à mieux comprendre vos propos. Mieux comprendre votre point de vue, vous voyez ?

Fernand, quarante-quatre ans, toisa avec méfiance celui qui faisait son suivi psychiatrique. Il le jaugea quelques secondes. Le médecin planta lui aussi son regard dans celui de Fernand, qui de sa main gauche, prit le dessin sur le coin du bureau et le serra contre lui.

— Vous n'avez pas peur de mon bouclier on

dirait bien ?

Le doc préféra jouer le jeu pour mettre son patient en confiance. Une forme de mensonge pieux.

— J'avoue que je n'aime pas regarder dans sa direction.

Cela sembla donner de la confiance à Fernand.

— Je l'ai deviné alors qu'elle parlait au téléphone quand j'étais petit. Ma mère avait le téléphone en main et elle avait les larmes aux yeux. Il y avait un papier et un crayon devant elle. Elle a dessiné un œil comme celui qu'il y a sur mon bouclier. Je n'ai jamais su à qui elle parlait, mais clairement que l'œil dessiné était pour notre protection. Elle a raccroché fort. Je pense que la bête ou l'impur avait attaqué, car à partir de ce moment-là, mon père a disparu et je ne l'ai jamais revu. Ce sont eux qui l'ont pris et elle n'a pas pu sauver tout le monde. C'est clair qu'elle a mis l'emphase sur ma protection à moi avec l'œil qu'elle a dessiné. Le bouclier qu'elle a construit ce soir-là. L'œil représente le fait que l'on sait la vérité. On voit les vraies choses. Le vrai monde qui nous entoure. J'ai peaufiné le bouclier avec le temps, grâce à mes recherches approfondies.

— Mais pour affirmer que votre mère est une élue, sur quoi vous basez-vous, mis à part ce téléphone et le dessin. Vous l'avez déjà vue à l'œuvre ?

— Bien sûr, sinon on n'en serait pas là et je mènerais la même vie que tout le monde. Sans voir et sans connaître la vérité. Alors oui, je l'ai vue. C'était alors que j'avais onze ans. Un démon m'avait attaqué sur notre terrain. Regardez.

Fernand montra alors la longue cicatrice qu'il arborait sur l'avant-bras gauche.

— Il m'a sauté dessus parce que ma mère n'était pas assez prudente et ne traînait pas de bouclier avec elle.

— Mais cette cicatrice, Fernand, est celle d'une attaque de chien. Nous en avons déjà parlé non ?

— D'un démon qui a pris la forme d'un chien. C'est ça, votre problème. À vous et à ceux qui ne voient pas la vérité. Vous ne croyez que ce que vous voyez, mais la vérité est tout autre. Elle lui a réglé son compte à coups de bâton.

— D'accord, Fernand. Donc votre mère. Elle se retrouve sur votre liste.

— Oui. Mes souvenirs sont confus. L'émotion se mêle à tout ça. J'en étais où ?

— Elle vous fait croire qu'elle n'est pas au courant de ce que vous lui racontez.

— Oui, exact. Je lui explique et elle refuse obstinément de m'avouer son rôle d'élue. Je suis devant une impasse. Je sais que le temps est venu pour moi d'être à mon tour celui qui défend la vérité en purgeant les impurs, les démons. Ma mère, de son côté, refuse. C'est à ce moment que je l'ai vue.

— Vu quoi ?

— La lumière qui se forme autour d'elle, la lueur rouge. Ils l'ont eue et je pense bien que ça vient de vous. Mais je ne vous en veux pas, vous savez. Ce n'est pas de votre faute. Du moins, ça ne l'est qu'en partie. Ma mère, dans mon ressentiment, est désormais devenue une faible. J'étais frustré. Elle s'est laissé avoir si facilement. Mais pas moi. Moi, je ne me laisserai pas avoir. Je serai un meilleur élu qu'elle ne l'a été. Je sais que je ne dois pas lui en vouloir. Elle a fait comme elle a pu et personne ne lui a appris.

— Très bien Fernand, mais que faites-vous à ce moment quand vous réalisez que votre mère est devenue ce qu'elle est devenue ?

— Une démone. N'ayez pas peur des mots.

— Que faites-vous devant l'impureté de votre mère ?

— *Est-ce que j'ai le choix ?* que je me dis. Elle est là. La lueur rouge qui l'entoure se fait de plus en plus forte. Les démons volent au-dessus de nous comme un bataillon de guerre. Il était trop tard pour elle, vous comprenez ?

Fernand se mit à pleurer à chaudes larmes. Le psychiatre, bien que compatissant, regarda sa montre. *Quinze minutes avant la prochaine séance.*

— Donc, vous en étiez à la lueur rouge. Vous voulez un mouchoir ?

— Non. La lueur rouge, oui. *Qu'est-ce que je dois faire ?* que je me dis. C'est quand même ma mère qui est devant moi. Tout s'enchaîne rapidement et ça se bouscule dans ma tête. Je la pousse. Elle tombe au sol. Elle pleure, mais je sais que c'est une ruse. Il est trop tard pour elle et je ne montre aucune faiblesse. Je la roue de coups de pied et de coups de poing. Je ne me suis jamais senti aussi fort. Curieusement, les démons qui apparaissent autour ne font rien pour m'en empêcher. Absolument rien. Comme s'ils attendaient ce moment depuis longtemps. Je veux dire, elle a purgé tellement de ces impurs que forcément, ils se réjouissent du sort que je lui fais subir. Comme une sorte de vengeance. En même temps, je me mets à leur place et ils doivent se dire que je n'oserai tout de même pas purger ma propre mère, alors ils feront d'une pierre deux coups. M'avoir en même temps qu'elle par la faiblesse de mes émotions. Emporter deux générations d'élus en même temps. Alors, pour leur montrer que je ne suis pas un faible, je redouble d'ardeur. Je la frappe si fort que ça me fait mal. Mais je n'arrête pas, vous voyez ? À coups de poing et à coups de pied. Je lui piétine même le visage à coups de botte parce que je ne veux pas que son regard, dans un dernier relent d'énergie, vienne me faire dévier de ma mission et me fasse échouer. Je dois retirer ses yeux qui sont la seule force qui lui reste. Elle produit des sons bizarres. Une sorte d'incantation. De mes mains, je lui arrache les yeux. Deux doigts rentrés profondément au-dessus de ses yeux sur les paupières et quand la moitié de chaque index est enfoncé, je plie les doigts à l'intérieur et je tire de toutes mes forces. J'ai éloigné le danger du regard, mais elle continue son incantation de merde. Je pose mes mains sur sa bouche en appuyant très fort et je continue à la rouer de coups avec mon genou. Je n'ai jamais vu un démon aussi puissant, car elle continue de gigoter.

Fernand pleurait en racontant ce passage. Il avait les poings serrés, posés sur ses cuisses.

— Autant elle était devenue une élue faible, autant elle était la plus puissante des démons que j'ai rencontrés. Une force de survie incroyable, mais je suis plus puissant que jamais, je le sens et j'entoure son cou de mes mains. Je serre aussi fort que je peux. Je suis triste, mais comme je sais qu'il s'agit d'un signe de faiblesse, je prends une allure fière. J'observe les démons qui assistent à la scène en levant la tête pour croiser leurs regards et je le fais avec une certaine arrogance. Je veux leur montrer que je n'ai pas peur d'eux. Soudainement, ils sont partout où je regarde. Dans l'écran de télévision, dans les cadres photo et sur les murs de la maison. J'entends même ce qu'ils se disent entre eux avec leur voix démoniaque à la radio.

— Que disent-ils ?

— Qu'ils n'ont jamais vu un élu aussi redoutable. Que leur plan a échoué. Qu'ils doivent quitter les lieux avant qu'il ne soit trop tard pour eux aussi. Je sais désormais qu'ils ont peur de moi. Que j'ai marqué des points.

— Vous faites quoi ensuite ?

— C'est flou. Très flou. Je sais que j'enterre ma mère, mais sans sa tête. Je me souviens que je mets ses yeux dans le broyeur à déchets. J'hésite à les manger pour démontrer ma grande puissance, car j'ai des haut-le-cœur. Après, il y a un grand vide. Je me suis réveillé au petit matin, comme les deux fois précédentes, complètement fatigué et je n'ai rien fait de la journée.

De nouveau, le docteur Béliveau posa un regard à sa montre. Neuf minutes.

— Fernand. Je ne veux porter aucun jugement, comme vous disiez tout à l'heure. Je veux seulement bien comprendre vos propos et vous venir en aide du mieux que je le peux.

Fernand sourit et hocha la tête.

— Je n'ai besoin d'aucune aide, mais je veux bien répondre à vos questions. Même si je doute que ça puisse changer quelque chose.

Le psy soupira :

— Dites-moi tout. Racontez-moi cette vérité dont vous parlez. D'où viennent-ils ? Qui sont-ils ? Pourquoi vous et votre mère comme élus ? Je veux tout savoir.

— Je vous préviens que la vérité n'est pas facile à entendre.

Le doc ajouta une note sur son papier.

« Délire psychotique qui se transpose de la réalité de ses journées jusque dans ses cauchemars de la nuit. Amplifié ces derniers temps. Augmenter la médication. »

— Je suis prêt à entendre.

— Je n'en suis pas certain, mais allons-y quand même. Pourquoi pas ? Vous verrez bien que je ne dis que la vérité.

Fernand ouvrit la canette de boisson gazeuse apportée par le psychiatre, mais n'y but pas. Il la déposa sur le coin du bureau en prenant soin de ne pas cacher le dessin sur la feuille qu'il avait redéposée à cet endroit. Avant de se lancer dans un long monologue, Fernand se leva et alla prendre chacune des pierres qu'il avait installées aux points cardinaux de la pièce. Il les roula entre ses mains pour ensuite les redéposer. Le doc consulta discrètement sa montre, sachant qu'il allait fort probablement dépasser l'heure prévue à ce rendez-vous.

— Tout est là. Suffit de regarder comme il faut. La plus vieille preuve est en partie visible dans les grottes de Lascaux. Vous connaissez ?

— Non. Du tout.

— Non, bien sûr que non. On cache la vérité au gens pour leur faire croire à des hommes stupides qui ont dessiné sur les parois des grottes, comme si ce n'était qu'une forme primitive d'écriture. Ce n'en est rien. Ils dessinaient des taureaux pour représenter le diable. Les cornes, ça ne vous rappelle rien? N'est-ce pas là, une preuve en soi, que ce sont des élus qui parcouraient le sous-sol des montagnes où se cachaient les démons les plus puissants ? Quand ils en tuaient un, ils dessinaient à l'endroit où la purge avait eu lieu pour transmettre leurs savoirs aux générations à venir et laisser un message aux autres démons. Les cornes, doc. Les cornes du diable. Les plus courageux buvaient à même la corne sculptée en guise d'affront pour montrer qu'ils n'avaient peur de rien. La bible, doc. Le diable sous terre, les anges au ciel. Le diable avec ses cornes. Toujours les cornes. Jésus n'était pas le fils d'un dieu qui a tout créé mais le fils du premier élu. Les démons l'ont pourchassé sans relâche, Jésus, le plus grand des élus. Mais que quelques disciples, une douzaine en tout, pour prendre sa défense devant une armée de ces démons. Le plus puissant élu de tous les temps se retrouvait pratiquement sans protection. Ils ont alors créé l'Ordre des gardiens qui allait protéger les élus comme de vrais guerriers. Pour ne pas reproduire la même erreur qu'avec le Christ. Ainsi, la franc-maçonnerie est née pour faire peur au plus puissant des démons.

— Les francs-maçons. Sérieusement ?

— Quel est le symbole de la franc-maçonnerie ?

— Un œil au centre d'une pyramide.

— Voilà ! Comme sur le dessin de ma mère ce jour-là. Un œil. Comme le dessin qui est devant vous et où j'ai ajouté une pyramide dans chaque coin.

— Fernand, vous rendez-vous compte, un tant soit peu, que pour ceux et celles qui ne voient pas la vérité, comme vous le dites vous-même, vos paroles sont dénuées de sens ?

— Dénuées de sens, dites-vous ? Qu'est-ce qui est dénué de sens ? Ma version de Jésus après d'intenses recherches ou votre version de Jésus qui change l'eau en vin. Qui marche sur l'eau. Qui rend la vue à un aveugle sur une simple apposition des mains ? Votre version qui dit que son père a créé tout ce que vous voyez en sept jours ? Version d'ailleurs véhiculée par des gens qui ont fait vœu de pauvreté, mais qui se sont fait un pays couvert de richesses et où ils prennent place sur des chaises en or. Le Vatican a fait vœu de pauvreté me direz-vous ?

Le psy remplissait les pages de son carnet de notes. Il déposa son crayon et se frotta le visage de ses deux mains après avoir retiré ses lunettes.

— Je sais que vous ne me croyez pas, monsieur Béliveau, mais ça n'a aucune importance. Ils sont partout. Partout où vous regardez, il y en a. Je sais que je ne suis pas seul. Je vais bientôt en rejoindre d'autres qui purgent comme moi. Je serai leur chef, bien sûr !

— D'accord, Fernand, dit le doc. Je pose la question le plus simplement possible : Qu'est-ce qui ferait en sorte, selon vous, que ce ne soit pas votre raisonnement qui fasse des siennes parce que vous ne prenez pas votre médication ? De plus, je soupçonne fortement la reprise d'une certaine consommation d'opioïdes. C'est le cas, dites-moi ?

Fernand hochait la tête lentement, dans le silence, avant de reprendre :

— À quoi bon essayer de vous faire comprendre si vous pratiquez le langage du sourd. Vous vous rabattez sur ce que vos livres vous racontent.

— Fernand. À la lumière de ce que vous me racontez depuis tantôt, je pense et je constate que la perception que vous avez de la réalité, de votre quotidien, semble se transposer dans vos cauchemars, le soir venu après vous être endormi vers les 21 h. Je peux vous aider pour ça. Pour que vos cauchemars ne reviennent plus.

Il encercla sur ses notes, avec son stylo, le mot « *électrochocs* » qu'il avait écrit plus tôt dans la rencontre.

— De quels cauchemars parlez-vous doc ?

— De ceux que vous me racontez depuis tout à l'heure. La liste qui vous amène à violenter la serveuse, le directeur d'école et au final, votre mère.

Fernand se leva doucement.

— Ce ne sont pas des cauchemars.

Docteur Béliveau regarda Fernand dans les yeux, le regard interrogateur.

— Je... je ne comprends pas. Vous m'avez dit que ça se passait le soir après 21 h une fois couché. Qu'au réveil, vous étiez épuisé.

— Oui, mais si vous regardez bien dans mon dossier, et c'est vous-même qui me l'avez diagnostiqué il y a quelque temps, je fais de l'insomnie. Des troubles du sommeil, doc. Et quand les pensées me viennent, la liste, surtout, je me lève et je vais accomplir mon travail de purgation. Quand c'est terminé, je retourne me coucher et je me réveille complètement épuisé, à cause de l'adrénaline apportée par la purge durant la nuit. Je ne vous raconte pas des cauchemars, doc. Je vous fais des confessions. Des confidences sur mes purges qui ont bel et bien eu lieu.

— Je... Fernand, je...

— C'est simple, pourtant. Il n'y a rien de difficile à comprendre. Je suis venu à ce rendez-vous parce que vous êtes maintenant le démon au sommet de ma liste...

Cette phrase fut la dernière entendue par Charles Béliveau avant l'attaque brutale et soudaine de son patient. Avant d'être avalé par la noirceur, tandis qu'il perdait connaissance suite au traitement que lui avait réservé Fernand. Cependant... ce n'était pas la fin pour le docteur Béliveau. Du moins, pas encore. Il reprit connaissance sur une civière à l'hôpital alors que son lit de fortune roulait à vive allure. Il sentit un choc qui lui fit ouvrir les yeux, et permit de voir les nombreuses personnes au-dessus de lui. La civière avait sans doute percuté un truc sans trop qu'il ne sache quoi. C'est certainement ce qui l'avait sorti de son inconscience. Il entendit alors la voix effrayée de Louise, sa douce, et baissa le regard pour la voir, en pleurs. Ensuite, la voix de l'infirmière se fraya un chemin jusqu'à la seule oreille intacte du psychiatre.

— RESTEZ AVEC NOUS MONSIEUR BÉLIVEAU ! VOUS ALLEZ VOUS EN SORTIR. M'ENTENDEZ-VOUS ? ON VOUS MÈNE AU BLOC OPÉRATOIRE.

Il aurait voulu leur signifier sa douleur, mais aucun son ne sortit. Il savait qu'il ne lui restait que quelques secondes avant de s'évanouir à nouveau. Il avait été sauvé *in extrémis* de l'agression par le patient suivant, en attente de sa consultation. Son regard, toujours poser sur sa conjointe, démontra soudain de la frayeur. Quelques secondes avant de s'évanouir, il tourna légèrement la tête de côté, paniqué. Il voyait les yeux de l'infirmière qui le regardait et lui parlait. Il n'entendait plus rien. Ni elle, ni les pleures de Louise. Les lunettes de l'infirmière lui retournaient son propre reflet, défiguré et ensanglanté. La dernière chose qu'il remarqua dans cette effrayante image de lui-même était également la chose qui l'avait fait paniquer en regardant sa propre femme.
La lueur rouge…
Autour de leurs corps.

Paisible étreinte
David Bédard

Depuis qu'il a reçu son congé de l'hôpital, Frédérick broie du noir. Cela fait maintenant quatre jours qu'il passe dans son sous-sol, calé au fond de son canapé, à extérioriser la frustration qu'il accumule par l'entremise de ses jeux vidéo. Aujourd'hui, il a décidé de s'évader dans les rues de Racoon City pour y déverser son fiel sur les morts-vivants qui y errent. Peu lui importe d'avoir complété ce jeu des dizaines de fois, déjà. De vider chargeur après chargeur sur ces saloperies de zombies lui permet d'ignorer toutes les questions qui fusent entre ses deux oreilles. Il ne sait que trop bien qu'y répondre empirerait son état.

Cet après-midi, sa jambe le fait particulièrement souffrir. Il a pourtant avalé ses médicaments après le déjeuner, comme à l'habitude, mais il a l'impression que leur effet tarde à s'activer. Il faut dire qu'une fracture du tibia, ça ne guérit pas du jour au lendemain.

Qu'est-ce qui serait arrivé si t'avais eu la p'tite avec toi dans l'auto?

Frédérick s'empare de la télécommande du téléviseur et en fait grimper le volume afin d'enterrer sa propre voix dans sa tête. Voilà exactement le genre de question qu'il cherche à fuir depuis le fameux jour de l'accident. Léo, le golden retriever au museau grisonnant avachi au fond de son panier près de la télé, son ami de toujours, est presque sourd de toute façon.

Une partie de l'amertume qui l'habite est cependant apaisé d'un seul coup, tandis que Frédérick sent les lèvres de Stéphanie, sa bien-aimée, déposer un baiser à l'arrière de son crâne rasé. Il se retourne et l'aperçoit, vêtue de sa jolie robe Carmona bleue et d'un sac à main agencé. Elle est à la fois souriante et radieuse.

— Tu t'en allais quelque part? Ah! Ta journée avec Kim, c'est vrai! J'ai complètement oublié que c'était aujourd'hui!

Il ne lui laisse pas le temps de répondre et dépose au sol la manette de sa console, qu'il troque pour la paire de béquilles à ses pieds. Il se doute que sa petite amie meure d'envie de lui proposer de l'aider, mais qu'elle n'en fera rien. Au nombre de fois depuis l'accident où il lui a répété qu'il pouvait se débrouiller seul…

Pendant que Frédérick contourne maladroitement le canapé, le personnage de son jeu, qu'il n'a pas cru bon mettre sur pause, se fait dévorer par une marée de zombies.

— Franchement, chéri! Arrête pas ta *game* pour ça. Je m'en vais seulement quelques heures.

— Si tu savais le nombre de fois où Léon s'est fait bouffer à cause de moi. Je te garantis qu'il m'en voudra pas.

Les amoureux s'échangent un long baiser. Incapable de serrer sa douce dans ses bras, Frédérick en hume le doux parfum.

— La p'tite vient juste de s'endormir dans la chambre d'amis. Y'a des biberons de prêts dans le frigo. Si y'a quoi que ce soit, hésite pas à m'appeler. Je vais être de retour après le souper.

— Tu peux partir l'esprit tranquille, on va bien s'arranger. Même sans la maman à tout faire!

— Je suis pas inquiète, prétend Stéphanie avant d'embrasser à nouveau son homme. Bonne journée à vous deux!

Comme s'il avait pu comprendre le langage de sa maîtresse et s'offusquer, le vieux golden dresse son museau bien haut et émet une longue plainte.

— Oui, désolée, Léo. T'as raison. Bonne journée à vous trois! Bon, j'y vais sinon Kim va m'étriper! À tantôt!

— À tantôt!

Frédérick lui vole un dernier baiser, puis la suit du

regard, tandis qu'elle gravit les marches du sous-sol. Dès qu'il entend la porte d'entrée se refermer, il se dirige vers le mini-frigo, qu'il soulage d'une Molson Dry bien froide, et retourne à sa console. Une fois confortablement assis dans son canapé, il s'hydrate le gosier d'une longue et satisfaisante gorgée. Rares sont les occasions où il consomme de l'alcool si tôt en après-midi, mais comme il sait qu'aucune autre bière ne succédera à celle-ci, il peut bien se permettre une exception.

À peine est-il replongé dans sa partie qu'il ressent les signes d'une immense fatigue prendre d'assaut les portes de son esprit. Son premier réflexe est d'attraper la télécommande et d'augmenter le volume à nouveau pour se garder éveillé, mais il se souvient que sa fille d'à peine quatre mois dort à poings fermés dans la pièce derrière lui. Il fait aussitôt une croix sur cette option. Faire une sieste, si courte soit-elle, n'est pas non plus envisageable. Si par malheur quelque chose de malencontreux devait se produire alors qu'il roupille et que Stéphanie n'est pas à la maison, il s'en voudrait pour le restant de ses jours.

Non, pas de sieste.

Par contre, il pourrait bien s'étendre sur le divan et reposer ses yeux quelques instants.

— Un p'tit dix minutes… Ça devrait être en masse

pour me remettre sur le piton.

Il fouille dans l'une des poches de ses bermudas et en retire son cellulaire. Après avoir sélectionné l'onglet *minuteur*, qu'il règle sur 10 minutes, il dépose son téléphone sur le plancher, s'aide de ses deux mains pour soulever sa jambe plâtrée sans trop grimacer de douleur, puis laisse ses paupières s'affaisser, tel un rideau qui s'abat à la fin d'une interminable représentation.

Hypnotisé par le son de sa propre respiration, Frédérick s'égare rapidement, transporté par la légèreté de ses songes. Son esprit met malgré lui le cap sur le Royaume des rêves, sans jamais s'apercevoir que son pouce n'a pas correctement pressée la touche de démarrage de la minuterie.

❉ ❉ ❉

Les yeux de Frédérick s'ouvrent aussi brusquement que s'il venait de marcher pied nu sur un clou. Un horrible pressentiment lui tord les boyaux et lui fouette le cœur. Il ignore pourquoi, mais il est convaincu d'avoir somnolé bien au-delà du délai qu'il s'était accordé. Pourtant, l'alarme de son téléphone aurait dû se charger de le réveiller depuis longtemps, lui qui a le sommeil aussi léger que l'intrigue d'un film porno. Ce n'est que lorsque ses pieds se posent au sol qu'une partie des explications lui est fournie.

— Qu'est-ce que... Ah, t'es sérieux?!

Frédérick envoie sa tête vers l'arrière et soupire de découragement, tandis que la chaussette de son pied sans plâtre s'imbibe de l'eau dont est recouvert le plancher.

Il se penche et récupère son cellulaire à demi submergé. L'eau s'y est infiltrée depuis suffisamment longtemps pour le rendre inopérable. Contrarié, Frédérick résiste cependant à l'envie de faire éclater l'appareil en l'envoyant contre le mur du foyer. Il le range plutôt dans sa poche en se disant qu'il règlera ce problème plus tard. Pour l'instant, il en a un bien plus important sur les bras.

— Steph va me tuer... se décourage-t-il en constatant que l'eau s'étend sur toute la surface du plancher. Sûrement le chauffe-eau qui s'est brisé. Y'est pas ben vieux, pourtant.

Mais avant d'investiguer sur la fuite mystérieuse, Frédérick veut d'abord s'assurer que sa fille va bien. Ses béquilles de nouveau sous les bras, il claudique jusqu'à la chambre d'amis. L'avantage d'avoir une jambe dans le plâtre est qu'au moins un de ses pieds, maintenu plusieurs centimètres au-dessus du sol détrempé, peut demeurer au sec. Sans faire de bruit, Frédérick ouvre la porte de la pièce où dort Cloé. Une fois à l'intérieur, il est à même de constater deux choses : son enfant, bien enroulé dans ses couvertures, dort paisiblement, et son ordinateur, installé sur le bureau en face du berceau et dont les nombreux fils sont branchés sur une barre d'alimentation au niveau du sol, a subi le même sort que son téléphone cellulaire.

L'idée d'exprimer verbalement son mécontentement lui brûle les lèvres, mais il se résigne au bout d'une seconde à peine, jugeant que la sécurité de sa fille prévaut largement sur tout le reste. N'empêche qu'avec son cellulaire hors service et l'absence de ligne téléphonique dans la maison, l'ordinateur se voulait l'unique moyen de communiquer à distance avec Stéphanie.

Il délaisse donc la chambre d'amis pour le garage, où se trouvent à la fois le panneau électrique et le chauffe-eau. Couper l'électricité au sous-sol est une priorité. Une inondation est amplement suffisante; pas question de déclencher un incendie en plus.

Une fois le panneau ouvert, le problème est réglé au bout de quelques mouvements du doigt. En ce qui a trait à la fuite, Frédérick est stupéfait de constater, après une minutieuse vérification, que son chauffe-eau est en parfait état. Il n'est donc pas la cause du débordement.

— "Installé en 2024" peut-il lire sur l'appareil. J'avoue que ça aurait été étrange qu'il brise après seulement trois ans… Misère, *check* ben ça si Steph a pas laissé un robinet ouvert en haut!

Il se redresse et constate avec hébétude que le niveau d'eau a entretemps grimpé et lui arrive à présent à la cheville. Aussi hâtivement que lui permet sa jambe estropiée, il claudique jusqu'à l'escalier, où une fâcheuse surprise l'attend.

— Ahhh, tabarnak! C'est quoi, ça?

L'escalier du sous-sol s'est transformé en véritable rigole. L'eau qu'il transporte jusqu'en bas déferle à un tel débit qu'il est impossible qu'elle provienne d'un robinet laissé ouvert. D'une baignoire peut-être, mais Frédérick sait pertinemment qu'il en entendrait la champlure de l'endroit où il se situe, ce qui n'est pas le cas.

Tout près de lui, Léo geint faiblement et quitte son panier douillet que l'eau est parvenue à infiltrer. Piteux, le vieux golden boitille jusqu'à son maître, à qui il tend une patte tremblante et détrempée.

— Pauvre Léo! J'peux pas te prendre dans mes bras. Va te coucher sur le sofa le temps que j'aille arranger le problème. Vas-y! Envoye! insiste Frédérick en pointant le canapé sur lequel il s'est lui-même endormi plus tôt.

Le chien obéit et se hisse, non sans difficulté, sur le sofa en question. Frédérick décide qu'avant de pousser son investigation plus loin, sa priorité est de transporter sa fille dans sa chambre, au rez-de-chaussée. Il clapote donc à nouveau jusqu'à la chambre d'amis.

Dès qu'il se penche au-dessus du berceau, son visage s'illumine. La petite Cloé dort toujours, confortablement enroulée dans une jolie couverture rose qui se soulève à chacune de ses respirations silencieuses. Avec toute la délicatesse du monde, il glisse ses mains sous le corps et derrière la tête de la petite. Tout en s'assurant que celle-ci demeure bien enveloppée, il la soulève pour ensuite l'appuyer contre sa poitrine. Comme chacune des fois où il la tient dans ses bras, le monde autour de lui – ses soucis, en particulier – s'évaporent. L'eau accumulée au sous-sol, sa jambe cassée, son ordinateur et son cellulaire bousillés… toutes ces futilités cessent de le tourmenter dès l'instant où il sent le cœur de Cloé battre près du sien. De peine et de misère, il parvient à traîner son corps d'éclopé jusqu'à l'escalier, ses deux béquilles sous un bras, sa fille dans l'autre.

– Ici, Léo. EN HAUT!

En entendant son maître l'appeler, le golden retriever se lève d'un trait malgré son apparente fatigue et agite la queue. Patauger dans l'eau, même tiède, ne l'enchante guère, mais pour rien au monde il ne voudrait décevoir celui qui l'a accueilli sous son toit et gavé d'amour, alors que lui moisissait dans un refuge après avoir été abandonné par sa première famille. Il accepte donc de se mouiller les pattes, traverse la distance qui le sépare de l'escalier et grimpe celui-ci d'un pas boiteux.

Pour cette escalade, Frédérick n'a pas le choix d'abandonner ses béquilles au sous-sol. Heureusement que son plâtre est muni d'un coussin de caoutchouc rigide sous le pied qui lui confère un minimum d'adhérence au bois. Autrement, l'ascension aurait été beaucoup plus pénible.

— Ah, *boy*...

Avec autant de minutie et de prudence que s'il traversait un champ de mines, Frédérick gravit une à une les marches. Les doigts de sa main droite se resserrent autour de la rampe comme si sa vie en dépendait. L'idée de perdre l'équilibre et chuter alors qu'il transporte Cloé l'angoisse au point où sa main devient moite.

Tu vas faire quoi si tu l'échappes? T'es même pas capable de monter un escalier sans mettre en péril la sécurité de ta fille. Tu parles d'un père de marde...

— Ta gueule, câlisse! crache-t-il à la voix dans sa tête, elle qui s'était pourtant faite discrète depuis un moment.

Tel un enfant qui commence à peine à marcher,

Frédérick s'assure d'avoir ses deux pieds sur la même marche avant d'attaquer la suivante. Chaque pas qu'il effectue lui occasionne une lancinante douleur à la jambe gauche, ainsi qu'une horrible grimace.

À mi-chemin, il fait une pause sur le palier qui sert également de vestibule, là où sont entreposés manteaux et souliers, juste devant la porte donnant sur le stationnement, sur le côté de la maison. Or, d'après ce que Frédérick peut observer, l'eau qui s'accumule au sous-sol ne provient pas d'une fuite au rez-de-chaussée, mais plutôt de l'extérieur. Sans y penser à deux fois, il regarde par la fenêtre de la porte. Il constate alors que la rue, ainsi que toutes les entrées de garage au même niveau, sont submergées par une quinzaine de centimètres d'eau.

Frédérick laisse échapper un premier juron, marque une courte pause, puis enchaîne avec toute une série.

— Es-tu sérieux?! On est à plus d'un kilomètre du fleuve pis y'a pas mouillé depuis dix jours! Ça doit clairement être un refoulement d'égouts ou de quoi du genre.

Il songe à ce qu'il pourrait utiliser pour empêcher l'eau de s'infiltrer davantage. Les inondations n'étant pas un phénomène commun dans la région, il est bien loin d'être adéquatement équipé pour affronter une telle situation. L'idée d'empiler les sacs de terre noire qu'il entrepose dans son cabanon lui traverse l'esprit, mais vu sa condition, l'opération risque de s'avérer laborieuse. De plus, il refuse de laisser sa fille sans surveillance, même s'il ne se trouve pas plus loin que la cours arrière.

Dès que Cloé sera couchée, il prévoit s'emparer d'une serviette qu'il coincera sous la porte afin de limiter les dégâts, sans trop fonder d'espoir sur l'efficacité à long terme d'un tel plan.

Bah... le mal est déjà fait, de toute façon.

De finalement atteindre la cuisine lui procure un soulagement sans pareil. Heureusement pour lui, la chambre de Cloé se trouve à être la première pièce sur la gauche, tout juste après la table de la cuisine.

Steph a dû réussir à lui faire boire un biberon entier avant de la coucher pour qu'elle dorme d'un sommeil aussi profond.

— Repose-toi bien, cocotte, lui murmure-t-il après l'avoir déposée dans son berceau et avoir ajustée sa couverture.

La petite agite la tête, pousse un long bâillement, puis se rendort. Frédérick se penche et lui embrasse le front.

En sortant de la chambre, il aperçoit, par la fenêtre du devant, quelques voitures braver l'inondation, propulsant de chaque côté les hautes vagues qu'engendre leur vitesse excessive.

Curieux de savoir si l'infortune de son quartier fait les manchettes, il se rend au salon et allume le téléviseur, faute d'avoir accès à un quelconque réseau social. Le pouce appuyé contre la touche *channel* + de la télécommande, il passe d'une chaîne à l'autre jusqu'à ce qu'il tombe sur le canal de nouvelles en direct. On y fait mention d'une chasse à l'homme à Brossard, d'un enlèvement à Blainville et d'une énième fusillade dans une école secondaire des États-Unis, mais rien sur les rues inondées de son coin. Peut-être vont-ils en faire mention plus tard…

Par contre, Frédérick n'a pas l'intention de s'éterniser devant l'écran. Peu friand de cette fricassée d'atrocités quotidiennes que les chaînes de nouvelles osent qualifier d'informations, il éteint le téléviseur, déjà blasé.

À présent qu'il sait sa fille en sécurité, il s'inquiète pour Stéphanie. Le fait de ne pas pouvoir la rejoindre commence à l'agacer sérieusement. Sur un pied, il sautille péniblement jusqu'à la cuisine et s'empare d'un pot Masson qu'il remplit de riz, dans lequel il enfouit son cellulaire. Un vieux truc qu'il a utilisé à plusieurs reprises pour ressusciter un appareil dans lequel l'eau s'est infiltrée.

Son cœur passe alors près d'exploser dans sa poitrine, lorsqu'à quelques mètres devant chez lui, deux véhicules progressant en sens opposés font un violent face-à-face. Le bruit de l'impact et la hauteur de la vague soulevée au contact laissent supposer que les voitures se déplaçaient à une vitesse bien au-delà de la limite permise. La portière de la voiture de droite s'ouvre avec difficulté, obstruée par le niveau de l'eau qui semble avoir encore une fois augmenté. Le conducteur n'a le temps que d'extraire une seule de ses jambes de la carcasse métallique que celle-ci est à nouveau percutée, cette fois pas derrière, par une nouvelle voiture filant à toute vitesse.

— Tabarn…

Dans les secondes qui suivent, d'autres collisions se succèdent, faisant virevolter autant d'éclaboussures que de débris de métal. En tout, une quinzaine de voitures se déplaçant à une vitesse folle participent au carambolage. Durant ces brefs instants de chaos, Léo ne cesse d'aboyer. Frédérick parvient à apercevoir des chauffeurs — sans leur ceinture de sécurité — traverser le pare-brise de leur véhicule respectif. Pris de panique, tous les autres occupants fuient les lieux de l'incident comme la vermine quitte un navire qui sombre. Certains en hurlant, d'autres en se déplaçant sur les toits des autos plus du tout mobiles, enjambant sans la moindre considération les corps des conducteurs décédés.

— Qu'est-ce qui s'passe? Les gens sont rendus fous! ne

peut s'empêcher de murmurer Frédérick, alors qu'il se sent envahi d'un horrible pressentiment.

Il ignore ce qui le préoccupe le plus : l'eau qui continue de monter, ou le vent de panique qui semble s'être emparé des gens ? Pourtant, il n'hésite pas une seule seconde à s'armer du marteau qu'il a laissé traîner sur le comptoir après avoir accroché un cadre au mur, la veille. En état de crise, il n'y a aucune limite aux atrocités que peut commettre l'humain pour sauver sa propre vie. Il ne le sait que trop bien.

Une fois la porte de l'entrée verrouillée, Frédérick se rend jusqu'à celle sur le côté de la maison avec l'intention de lui réserver le même sort. Dès qu'il atteint l'escalier, son angoisse s'intensifie instantanément.

— Oh, shit ! jure-t-il en constatant que ses béquilles, qu'il avait laissées au sous-sol, flottent à présent dans près de deux mètres d'eau.

Frédérick recule d'un pas, déboussolé. L'inondation a atteint le vestibule. Aucun doute possible : les fenêtres du sous-sol ont cédées.

Imagine si elles s'étaient brisées pendant que Cloé était encore en bas. Elle serait sûrement en train de flotter avec tes béquilles.

— Mais vas-tu fermer ta yeule ?!

Frédérick pose les yeux sur le marteau qu'il tient à la main. L'envie de le balancer contre son crâne pour faire taire cette satanée voix lui démange le bout des doigts. Ce sont finalement les pleurs de sa fille – sûrement tirée du sommeil par sa voix à lui et par les jappements du chien – qui le ramènent à la réalité. Quelques instants plus tard, il entre dans la chambre où elle se trouve, biberon à la main et marteau à la ceinture. À l'aide de gestes doux, il soulève Cloé, la colle contre lui et s'assied doucement dans le fauteuil berçant près de la fenêtre. Il installe ensuite sa fille au creux de son bras et lui donne le boire qu'elle réclame avec insistance. Dès que les premières gouttes de lait glissent au fond de sa gorge, Cloé cesse de pleurer.

— Vas-y, ma belle. Bois autant que tu veux, lui souffle-t-il tendrement.

Pendant qu'il nourrit sa petite et que Léo se couche à ses pieds, Frédérick fait tout en son pouvoir pour conserver son sang-froid et réfléchir aux options qui s'offrent à lui.

Premièrement, son véhicule est inutilisable. S'il veut quitter son domicile et chercher à se rendre quelque part, cela devra se faire à pieds. Ce qui est tout à fait impossible compte tenu de son état. L'eau est rendue bien trop haute pour que Léo puisse se déplacer et pour rien au monde Frédérick ne pourrait se résigner à abandonner à un si triste sort son compagnon de toujours.

S'il décide de demeurer chez lui, il devra alors espérer que l'eau finisse par diminuer, ou à tout le moins qu'elle se stabilise. Si par malheur le niveau devait continuer à grimper, Frédérick se retrouverait alors dans une situation des plus précaires.

Que faire si cela devait se produire?

On n'a pas de chaloupe, ni de canot pneumatique. Fuck, on n'a même pas une paire de swim-aid. *Ça va pas ben, mon chum…*

Il imagine déjà son quartier passer au bulletin de 18h, alors que l'hélicoptère de TVA Nouvelles survole les rues pour filmer les habitants coincés sur le toit de leur maison en attendant les secours.

— Si seulement Steph était là. La p'tite serait tellement plus en sécurité avec elle qu'avec moi. J'ai d'la misère à juste mettre un pied devant l'autre. Pis au moins, j'saurais qu'elle va bien…

Même si sa fille et lui se trouvent à une bonne distance de la fenêtre de la cuisine, des bruits d'agitation et des cris provenant de la rue parviennent à leurs oreilles. Soucieux de ne pas perturber la quiétude de Cloé, Frédérick étire le bras et active un aquarium musical, d'où s'échappe une apaisante musique et de douces lumières.

Ce moment de plénitude est cependant de courte

durée. Cloé n'a eu le temps de boire que la moitié de son biberon lorsque Frédérick sent le tissu de son bas toujours humide s'abreuver à nouveau. L'instant suivant, Léo se dresse en chignant, tiré de ses songes par la désagréable sensation de l'eau qui se glisse dans son pelage.

— Non! Non, non, non!

Mais Frédérick ne peut que se rendre à l'évidence : la situation continue de s'aggraver. Pourtant, le rez-de-chaussée se trouve à une bonne hauteur par rapport au niveau de la rue. Il faut même grimper sept ou huit marches pour atteindre la porte principale, à l'avant.

Sans brusquer sa fille, Frédérick dépose le biberon sur le bureau à sa droite, se redresse doucement et retourne à la fenêtre de la cuisine. Dans la rue, il aperçoit un de ses voisins dont il ignore le nom se mouvoir vers l'ouest en tenant son chat à bout de bras au-dessus de sa tête, le niveau de l'eau flirtant avec ses aisselles.

— Ah *fuck*! Ça continue de monter pour vrai?!

Frédérick comprend qu'ils ne sont plus en sécurité dans la maison. Même s'il n'avait aucun façon de prévoir que la situation allait empirer à ce point et aussi rapidement, il se maudit de ne pas avoir quitté sa demeure plus tôt.

Tu vas clairement blâmer ta jambe blessée pour ton inertie, même si tu sais très bien que t'aurais juste eu besoin de la droite pour conduire. Mais nous, on connaît la vérité. On sait que si t'as pas bougé, c'est parce que t'es un gros lâche pis un peureux. T'as préféré espérer que la situation s'améliore d'elle-même plutôt que de retourner derrière un volant avec la p'tite à bord...

Frédérick se frappe le crâne à deux reprises avec la paume de sa main libre. Ce n'est clairement pas le moment de se laisser distraire par cette stupide voix. À ce moment précis, quelque chose sur le toit du voisin d'en face attire son attention. Quelque chose qui se déplace.

– Monsieur Langevin?

Peu de temps après, c'est au tour de la femme de l'octogénaire, Agnès, de faire son apparition. Comme il sait leur condition physique fragile, Frédérick devine que le couple n'a pas voulu prendre de chance et s'est positionné en hauteur dès que possible, à la fois pour fuir l'inondation, et également pour révéler leur présence à d'éventuels secours.

Sa propre mobilité se voulant présentement comparable à la leur, Frédérick se dit que les imiter constitue sa meilleure option possible. Il juge même qu'il n'a pas une seconde à perdre. Il ouvre donc le second tiroir du comptoir et y cueille un sac Ziploc dans lequel il transvide une partie du riz contenu dans le pot Masson ainsi que son cellulaire, sous le regard interrogateur de sa fille. Si jamais l'appareil devait revenir à la vie, au moins Frédérick l'aurait sur lui à ce moment. Avec hâte, il glisse le sac dans sa poche.

Le sentiment d'urgence qui l'habite soudainement le nourrit d'une adrénaline qui parvient à engourdir la douleur de sa jambe blessée avec plus d'efficacité que n'importe lequel des médicaments qu'il ingère quotidiennement.

C'est au fond du corridor qui sépare le salon de la chambre des maîtres que se trouve la trappe qui mène au grenier. Depuis que Stéphanie et lui ont acheté la maison, sept ans auparavant, Frédérick n'y a mis les pieds qu'à deux maigres reprises.

Il a horreur de cette pièce. Ou plutôt, horreur de ce qu'elle renferme.

— Ça va aller, ma belle, souffle-t-il à sa fille pour la rassurer.

Il pose un baiser entre les petits yeux curieux de Cloé.

Une fois la trappe ouverte et l'escalier pour accéder au grenier déplié, Frédérick débute son ascension.

— J'devrais peut-être attendre que l'eau monte plus haut, raisonne-t-il à voix haute. J'aurais ben moins de misère à soulever mon poids.

Pis tu vas faire quoi si t'échappes la p'tite dans l'eau? T'es tellement un excellent nageur...

Pour la première fois depuis une éternité, Frédérick concède le point à la voix dans sa tête. Comme il veut à tout prix éviter qu'un tel scénario ne se produise, il adopte une technique où la prudence prévaut sur la célérité ; il pose ses fesses sur chacune des marches alors qu'il les grimpe à reculons. Stratégie qui s'avère payante puisque sa fille et lui atteignent le grenier sans embûche.

Frédérick a à peine passé la tête par l'ouverture que ses narines subissent l'assaut de la poussière et de l'humidité. L'endroit regorge d'objets de toutes sortes appartenant à son passé. Un passé qu'il préfère garder enfoui, tout en étant incapable de se départir de tout ce qui l'y rattache.

Pour atteindre le toit, il doit absolument ouvrir une des fenêtres, qui ne sont pas reconnues pour être dociles. Impossible d'en faire capituler une sans utiliser ses deux mains.

— Attend-moi, ma cocotte. Papa en a pas pour longtemps.

Avec précaution, il dépose sa fille au fond d'un vieux berceau de bois — domicile de dizaines de toiles d'araignées dont il prend soin de se débarrasser — prenant bien soin de ne pas croiser du regard les lettres gravées qui forment le prénom *ABRAHAM*.

L'utilisateur précédent n'a eu la chance d'y dormir

qu'une seule nuit.

Le petit corps fragile de Cloé est à peine déposé sur le matelas que de faibles jappements résonnent en provenance d'en bas.

— Ah *shit*! J'ai oublié Léo!

En se retournant de façon brusque, Frédérick heurte et fait tomber une haute pile de feuilles où sont inscrites des partitions de musique. Heureusement, il conserve son équilibre. Il n'y songe pas à deux fois et redescend au rez-de-chaussée, ne sachant trop bien que jamais son vieux compagnon ne parviendra à se hisser de lui-même jusqu'au grenier.

— J'arrive, mon gars!

Pour éviter autant que possible d'être trempé, lui qui doit être le seul retriever au monde à tenir l'eau en horreur, Léo attend impatiemment son maître, ses deux pattes de devant posées sur la troisième marche, sa queue fouettant l'eau en apercevant son maître.

À mi-chemin dans l'escalier, Frédérick constate rapidement que ses options pour venir en aide à son chien sont limitées. Léo a beau ne plus être aussi massif que dans ses jeunes années, il demeure tout de même plus corpulent qu'un chihuahua. Aucune chance qu'il arrive à le soutenir d'une seule main comme il l'a fait avec Cloé.

De façon insidieuse, un sentiment d'impuissance éclot

dans son esprit, soigneusement voilé par l'angoisse, qui prédomine toujours.

— OK, on va y aller doucement. Ensemble.

Dès que son compagnon est à portée, Frédérick étire la main et attrape son collier.

— Vas-y. Monte avec moi.

Frédérick recule doucement d'une marche et tire le collier vers lui, ses yeux réconfortants plongés dans ceux de Léo. Le vieux golden retriever comprend ce qu'on attend de lui, et après quelques essaies infructueux, parvient à poser une patte arrière sur une première marche.

— C'est ça, comme ça!

Les pattes chétives de l'animal peinent à soulever sa maigre charpente. Sans l'aide de son maître, il y a fort à parier que la pauvre bête finirait par perdre pied et basculer.

— C'est beau, encore une marche.

Si ses pattes flanchent, t'étrangles ton meilleur ami à coup sûr...

— Vas-y, mon vieux! C'est ça, bon toutou! le félicite Frédérick en enlaçant de ses bras son cou dès l'instant où ils atteignent le grenier.

Fier d'avoir fait plaisir à son maître, Léo se trouve une vieille couverture et s'y couche. Pendant ce temps, Frédérick s'attaque à la fenêtre, qui résiste à ses premières tentatives, mais qui finit par céder.

Une odeur de fange et de minéraux s'insinue par l'ouverture créée et lui fouette le nez. L'accompagne un inconfortable silence auquel Frédérick ne fait pas attention pour l'instant. Tout ce qui a de l'importance pour lui dans l'immédiat, c'est d'aller chercher Cloé et de l'amener le plus en hauteur possible.

Une fois sur le toit avec sa fille et son chien, il est accueilli par une vision apocalyptique qui lui ramolli les genoux.

— Es-tu... *fucking* sérieux?

De l'eau.

De l'eau à perte de vue.

De l'eau dans toutes les directions.

Une vaste étendue miroitante ayant tout avalé. Les rues, les parcs, les arbustes et même les bruits. Une vaste étendue où ne pointent que des toits de maisons et la cime des arbres. Du coup, la théorie du refoulement d'égouts ne tient plus la route.

Alors quoi? Un tsunami?

L'eau est bien trop placide pour cela. Un phénomène naturel aussi impétueux aurait créé de violents remous. De fortes vagues. Or, pas le moindre ondoiement ne vient perturber la surface liquide, qui demeure parfaitement lisse. Même le vent a disparu.

Frédérick s'assied avant de faillir, alors qu'il est envahi d'un poignant sentiment de vacuité. Jusqu'où peut bien s'étendre ce désastre?

Au-dessus de sa tête, pas la moindre trace d'un hélicoptère ou d'une aide quelconque. Rien d'autre qu'une immense toile vaporeuse, grisâtre et statique. Machinalement, Frédérick serre sa fille contre lui. Le surréalisme de la situation et l'insupportable sentiment de vide qui l'habite lui retournent les tripes au point où il passe près d'être malade.

— Mais... où est passé tout l'monde? Comment ça se fait qu'y'a pas plus de gens sur les toits? s'interroge-t-il, avant de finalement saisir qu'à cette heure, la quasi-totalité de la population n'est ni en congé parental, ni en arrêt de travail, et doivent se rendre au boulot.

Dans les rues, l'eau a englouti toutes les voitures. Les cadavres des chauffeurs demeurent visibles parmi les amas épars de détritus et d'objets disparates aspirés hors des demeures à travers les vitres brisées. Ce n'est plus qu'une question de temps avant que les habitations ne soient entièrement avalées à leur tour.

— Y va y avoir des secours. Y va forcément y avoir des secours.

Aussitôt ces paroles prononcées, Frédérick dirige son regard vers le sud. À un peu plus d'un kilomètre se trouvent le fleuve et plusieurs quais. Mais il ne se leurre pas; à l'heure qu'il est, tous les bateaux ont dû être réquisitionnés, que ce soit par leurs propriétaires légitimes ou non.

Le sentiment d'impuissance et la détresse qui l'habitent gagnent tous deux en intensité. Il donnerait n'importe quoi pour voir sa douce, saine et sauve, revenir à eux à bord de l'une de ces embarcations.

Du mouvement sur le toit des Langevin attire à nouveau son attention. Romuald, le mari, passe sa tête sous la sangle qu'il a à l'épaule, et ramène dans ses mains l'objet jusqu'ici accroché derrière son dos. Frédérick peine à en croire ses yeux; il s'agit d'un fusil de chasse!

Il ignore ce qui le déstabilise le plus : le fait que son voisin ait apporté avec lui une arme à feu, ou que sa femme, assise à ses pieds, n'ait aucune réaction tandis qu'il introduit des munitions dans le chargeur. En dépit de son âge avancé, monsieur Langevin manipule le fusil avec une aisance déconcertante.

La maison d'en face est pas ben loin. Si le bonhomme pète un câble pis décide de vous prendre pour cible, vous risquez d'aller rejoindre les autres cadavres avant longtemps...

Frédérick déglutit. Sans tout à fait tourner le dos à son voisin, il pivote de quelques degrés afin de soustraire Cloé au champ de vision de monsieur Langevin.

L'insoutenable silence est brisé lorsque des échos de cris viennent glacer le sang de Frédérick malgré leur faible intensité. Le voisin les entend aussi, puisqu'il se tourne aussitôt en direction du fleuve. L'octogénaire doit posséder une ouïe bionique pour être capable d'en discerner la provenance.

— C'est pas des cris d'étonnement, ça... s'alarme Frédérick en se redressant dans le but d'améliorer son angle de vue. Y'a des gens qui se font attaquer. J'en mettrais ma main au feu.

Une quinzaine de secondes plus tard, le dernier hurlement poussé glisse jusqu'à eux sur la surface liquide, se fragmente, se disperse, puis s'éteint.

Le monde est à nouveau englouti par un silence de mort.

Frédérick sent le poil de Léo frotter contre son mollet, tandis que son compagnon se positionne entre ses jambes. Le pauvre, effarouché, laisse échapper de discrets couinements.

L'eau.

L'eau vient à présent lécher la bordure du toit. La gouttière qui la longe s'en rempli d'un coup. Plus que jamais, le temps est compté. Frédérick lutte contre la panique qui l'assaille. Il doit agir.

À trois reprises, il fait le tour de sa toiture des yeux,

scrutant les eaux qui l'entourent, à la recherche de n'importe quel débris flottant susceptible de l'aider à maintenir son petit groupe à la surface.

— Osti! Osti! Osti! *Come on*, n'importe quoi! COME ON!

Mais rien parmi les feuilles mortes, les branches cassées et les quelques sacs de poubelles éventrés qu'il aperçoit ne peut lui être de la moindre utilité.

Tel un piège se refermant inexorablement sur les trois survivants, l'eau continue son ascension. D'une minute à l'autre, elle aura entièrement avalé la maison, leur ultime salut, à dessein d'en faire de même avec eux.

C'est fini, mon chum. Y'a pu d'espoir. Bonne chance pour nager avec ton plâtre. C'est ici que ta lâcheté t'a amené, pis t'as juste toi à blâmer pour ça. Si jamais y t'reste une parcelle de courage, tu vas faire c'qui faut, pis tu vas utiliser le marteau que t'as à la ceinture pour offrir à ta fille une mort rapide et sans souffrance. Un seul coup, bien placé. C'est tout. C'est la chose décente à faire, pis tu l'sais.

Un sanglot se forme au creux de l'estomac de Frédérick et remonte le long de sa gorge avant d'éclater. Des larmes roulent le long de ses joues et le haut de son corps est victime d'incontrôlables secousses, tandis que sa main libre se glisse dans son dos pour attraper l'outil. Du même coup, il éloigne sa fille de quelques centimètres pour la regarder dans les yeux.

Cloé, insouciante, lui sourit. Elle pose sa petite main sur le nez de son père et le pince, à son plus grand amusement. Frédérick voudrait pouvoir lui sourire à son tour, mais il n'en trouve pas la force.

— Pas encore… souffle-t-il, du bout de ses lèvres tremblantes. Pourquoi ça m'arrive encore…

Au moment où le passé de Frédérick le rattrape, l'impitoyable mer qui croît sous ses pieds en fait autant. Ses chevilles se retrouvent vite enveloppées par le liquide tiède. S'il ne prend pas de décision, la nature se chargera de le faire à sa place.

Et si la voix dans sa tête avait raison?

Jamais de toute son existence Frédérick n'a été en proie à une telle crise de larmes. Malgré le fait que son esprit est à deux doigts de flancher, ses mains retiennent fermement et sa fille, et le marteau.

Un coup. Un seul.

— J'peux pas… j'peux pas… j'peux pas…

Frédérick sait pertinemment qu'il lui sera impossible de commettre un tel geste tant qu'il maintiendra le contact visuel avec sa fille, même si ce dernier est guidé par la pitié. Il tourne donc légèrement la tête, obligeant ainsi son regard à se rediriger vers ses voisins d'en face.

Leur habitation étant légèrement plus basse que la sienne, les Langevin ont de l'eau à la hauteur des cuisses.

L'air toujours impassible, Agnès s'agenouille sans un mot, tandis que son mari la met en joue à bout portant, la bouche du canon lui caressant presque le front. Comme s'il s'agissait d'une chorégraphie morbide pratiquée des centaines de fois avant aujourd'hui, Romuald Langevin presse la détente sans une parcelle d'hésitation.

Une détonation plus tard, la cervelle de sa femme est expulsée sous forme de bouillie à l'arrière de son crâne.

Le temps que prend Fédérick pour assimiler la scène d'horreur dont il vient d'être témoin, le mari appuie le canon toujours fumant de l'arme sous son menton et fait feu pour une seconde et dernière fois.

T'as vu? T'as vu ce qu'il a fait par amour pour sa femme? Ils savaient qu'ils auraient pas tenus deux minutes à nager. Le bonhomme a eu les couilles de faire ce qu'il fallait faire. À ton tour, asteure! Fais-le pour elle!

Frédérick fléchit les genoux et s'incline vers l'avant, plus près que jamais d'une rupture mentale. Pleurer et geindre ne suffisent plus. Son corps a tellement de difficulté à extérioriser la peine qui l'afflige qu'une douleur physique généralisée en résulte. Ses plaintes se muent rapidement en cris, qu'il pousse de toutes ses forces, espérant sans y croire qu'ils emporteront avec eux toute la souffrance qui le consume de l'intérieur.

Lorsqu'il trouve enfin la force de relever la tête, il s'aperçoit que son bras gauche est déjà levé, et que le marteau est prêt à s'abattre. Des images défilent en rafale dans sa tête.

Le jour où Stéphanie lui a annoncé qu'elle était enceinte.

Les tout premiers coups de pied donnés depuis l'utérus.

Le jour de la naissance de Cloé, où il l'a tenue dans ses bras pour la toute première fois.

Le premier sourire qu'elle lui a fait.

Frédérick flanche. Dans un hurlement de désespoir, il abat son arme avec toute la force qui lui est possible de déployer. L'impact engendre un horrible craquement qui résonne bruyamment. Pour lui, la douleur qui en résulte est inhumaine, ce qui ne l'empêche toutefois pas de frapper à nouveau. Puis encore. Et encore.

– ARGHHHHH!

À chacune des frappes, le plâtre qui enveloppe et protège sa jambe blessée se fend et s'émiette. Encore bien loin d'être complètement ressoudé, l'os fracturé vibre sous sa peau comme les branches d'un diapason. Mais Frédérick s'en moque. La souffrance excessive qui naît de chaque coup porté est convertie en adrénaline qu'il utilise comme carburant pour s'accrocher à la vie. Pas question de sombrer dans les méandres du désespoir.

La voix dans sa tête disait vrai; d'avoir un tel poids d'accroché à la jambe le ferait couler à coup sûr.

— YARGHHHH! crache-t-il en même temps que le surplus de salive et de larmes qui s'est accumulé dans sa bouche, alors qu'il arrache les restes de son plâtre.

Son visage rougi d'avoir autant souffert est alors attiédie par une douce bruine dont il remarque à peine la présence. Comme la torture physique qu'il s'est lui-même infligée a bien failli lui faire perdre conscience, il prend le temps d'appuyer une main contre la cheminée de sa demeure et s'accorde quelques secondes pour retrouver ses esprits. L'effort déployé lui a fait perdre son souffle.

— On va... on va nager jusqu'à la tour de condos, au centre d'la ville, explique-t-il à sa fille. Elle doit ben faire quinze... quinze étages. J'aurai juste à briser une fenêtre avec le marteau, pis... pis on va se glisser en dedans pis grimper jusque sur le toit. Encore. À cette hauteur, c'est sûr que les secours pourront pas nous manquer...

Frédérick glisse le marteau à sa ceinture. C'est d'ailleurs à cette hauteur qu'est rendu le niveau de l'eau. Par réflexe, il agite faiblement sa jambe meurtrie, mais son corps lui fait immédiatement comprendre que cette dernière ne pourra être physiquement sollicitée que de façon très limitée durant sa traversée à la nage.

— OK... c'est parti. On va nager lentement, Léo. Inquiète-toi pas. On va y arriver, tu vas voir, lâche-t-il à son compagnon qui barbote déjà.

Le temps d'un dernier baiser sur la tête de Cloé, Frédérick emplit ses poumons d'air et entame son périple en direction du nord. Comme ses mouvements sont limités, il opte pour une version modifiée de la technique du dos crawlé. En nageant à reculons, il arrive à garder la tête de la petite hors de l'eau, au détriment d'un peu de vitesse. À ses côtés, le vieux Léo parvient à le suivre de peine et de misère. Seuls les encouragements de son maître et l'amour indéfectible qu'il lui porte permettent à ses membres déjà fatigués de s'activer.

— Lâche pas, mon gars. Ça va b... ça va bien aller, tu vas voir. Suis-moi. C'est ça... continue!

Au bout d'une quinzaine de minutes, tout ce qui saillait encore de l'eau à son départ a été ingéré par le désert aquatique, du plus petit des cailloux au plus monstrueux des arbres. Tout, à l'exception de la tour à condos vers laquelle ils progressent avec lenteur. Loin d'être un sportif de nature, Frédérick met peu de temps à se fatiguer. Comme son fidèle compagnon, il ne lutte pas pour sa propre survie, mais pour celle d'un être cher. Sa jambe droite doit forcer plus qu'elle ne le devrait afin de palier la faible contribution de la gauche, et ses bras, eux, alternent constamment entre nager et soutenir Cloé. À quelques reprises déjà, la tête de la petite s'est retrouvé submergée jusqu'au menton durant une seconde à peine, soit le temps qu'a pris Frédérick pour redoubler d'efforts pour l'en sortir.

— Encore une couple… une couple de minutes. On va p… Léo! LÉO! NON!

Exténué, le vieux chien n'a plus suffisamment de forces pour maintenir sa tête hors de l'eau. Il émet de tristes plaintes, des appels à l'aide, tandis qu'il s'enfonce. De l'eau s'infiltre dans ses narines et sa bouche que l'effort colossal qu'il déploie force à garder grande ouverte. Il s'étouffe.

Alors qu'il coule, Frédérick arrive à le rattraper *in extremis* et le tire à la surface.

— LÉO!

Une fois sa tête émergée, le golden retriever, toujours en mode panique, tousse et recrache une partie de l'eau avalée. Ses pattes battent sans cohésion, puis, graduellement, cessent de s'activer, profitant du fait qu'il n'a plus à forcer pour que sa tête demeure hors de l'eau. Pendant quelques secondes, il se laisse tirer sans bouger, ses vieux poumons pompant l'air à une vitesse fulgurante.

— C'est beau, mon gars. Je t'ai! J'te… j'te lâche pas. On va s'en sortir.

Deux minutes.

Voilà tout le sursis dont dispose Léo avant que l'épuisement ne frappe cette fois Frédérick, qui ne peut plus compter que sur ses jambes et ses poumons remplis d'air pour maintenir tout le monde à la surface. Les corps qu'il transporte ont beau se trouver partiellement sous l'eau, il a toutes les difficultés du monde à progresser sans utiliser ses bras. À l'instar de son compagnon canin, quelques instants avant lui, Frédérick s'enfonce à quelques reprises et passe près de s'étouffer. Comme si elle pouvait ressentir toute la détresse qui habite son père, la petite se met à pleurer. Un bref coup d'œil vers son objectif confirme à Frédérick qu'il n'arrivera jamais à atteindre la tour dans ces conditions.

En un claquement de doigts, le désespoir qu'il avait réussi à chasser reprend le dessus. Les larmes qu'il avait réussi à tarir renaissent et inondent son visage. Chacun de ses bras retient un être cher ayant marqué à jamais sa vie, et aucun de ces deux êtres ne survivra sans son assistance. Pourtant, ici, maintenant, il doit en abandonner un à son triste sort, pour le salut de l'autre, ainsi que le sien.

— Non… Non… Je m'excuse, Léo, braille Frédérick, dévasté, en appuyant sa tête contre celle de son ami. Je m'excuse, mon gars. J'ai… j'ai pas l'choix. J'ai juste pas l'choix.

Pendant que son bras gauche libère doucement Léo, Frédérick sent son cœur se fendre et son visage se plisser de chagrin, de honte et de colère. Sans comprendre les raisons qui poussent son maître à l'abandonner de la sorte, Léo met à contribution le peu d'énergie qu'il a réussi à emmagasiner au cours de sa brève pause et ordonne à ses pattes de s'activer à toute vitesse. À l'aide de faibles jappements, il implore son maître, qu'il cherche à tout prix à rejoindre, de l'attendre.

Mais à chaque seconde qui passe, Frédérick s'en distance un peu plus.

— Je m'excuse, Léo. Je peux pas… je peux pas…

Le peu de forces qu'a retrouvé Léo s'amenuise rapidement. La tête du chien finit par disparaître, ne laissant place qu'à un discret bouillonnement, qui finit par s'éteindre.

Mais Frédérick ne ralentit pas. Aussi brisé puisse-t-il être par le départ tragique de son chien, la vie de sa fille est en jeu. Il commande à son corps de faire fi de la fatigue et de la souffrance, et à son esprit d'en faire autant avec les récents évènements venus tout chambouler. Transporter Cloé saine et sauve jusqu'à la tour derrière lui : voilà tout ce qui compte.

À ce moment, les pleurs de sa fille s'intensifient.

— J'vais te trouver de quoi à boire quand on va réussir

à entrer, cocotte.

À mi-chemin entre sa demeure et la tour, Frédérick compte huit étages émergeant de l'eau sur la quinzaine dont est constitué le bâtiment vers lequel il se dirige. La quantité astronomique d'eau sur laquelle il flotte lui donne le vertige. Assurément, cette catastrophe s'étend bien au-delà de sa ville. Alors jusqu'où? Combien de personnes ont perdu la vie au cours des dernières heures? Y'a-t-il d'autres survivants, comme lui?

Bien qu'il sache pertinemment qu'il n'obtiendra aucune réponse dans l'immédiat, de soulever de telles questions agit sur lui comme un tranquillisant et occupe son esprit.

Lorsque Frédérick atteint finalement l'immeuble, ses membres sont si épuisés qu'il a de la difficulté à les sentir. Il a l'impression que ses veines transportent du plomb. Et alors qu'il se dit à lui-même qu'il n'aura peut-être pas suffisamment de force pour briser une des fenêtres de la tour, il constate que cette étape de son plan n'est plus nécessaire.

— Ah tabar… tabarnak…

L'envie de lutter l'abandonne pratiquement dès qu'il constate qu'à ce moment-même, seule la moitié supérieure du dernier étage s'élève au-dessus de ce nouvel océan. Les quatorze autres sont submergés. Le cerveau de

Frédérick s'efforce d'assimiler que cette catastrophe naturelle est en réalité un désastre aux proportions bibliques.

Même s'il n'a aucune raison de croire que l'eau a cessé ou cessera de s'accumuler, il décide de s'en tenir à son plan initial.

— Ça sera plus long, ma belle... souffle-t-il, excédé. On arrive.

Frédérick peut apercevoir la rampe du dernier balcon à environ vingt centimètres sous l'eau. Il y pose le pied droit et se soulève en s'aidant de sa main libre contre le mur de brique. Cet effort tout simple le force à laisser s'échapper un long cri étouffé, chaque cellule de son corps étant au bord de l'effondrement. Il allonge au maximum son bras retenant sa fille, et dépose celle-ci sur le toit de l'édifice, qui lui arrive au niveau des yeux, prenant bien soin de ne pas brusquer son petit corps fragile. D'un effort surhumain, il s'y hisse à son tour.

Une fois assis sur la bordure, il reprend sa fille dans ses bras et s'incline doucement vers l'arrière, jusqu'à ce qu'il se retrouve étendu sur le dos. Il est arrivé trop tard. Il n'a ni le temps ni la force de fouiller les étages à la recherche d'objets flottants.

À ce stade-ci, il ne peut qu'espérer un miracle.

Peut-être que si t'avais nagé vers les quais au lieu de venir perdre ton temps sur cette grosse cochonnerie...

Frédérick meurt d'envie de crier à la voix de se taire, mais ses poumons incendiés par l'effort continuent de souffler avec bien trop d'intensité pour lui permettre de prononcer le moindre mot.

Dès qu'il s'en sent capable, il redresse les épaules et reprend une position assise. Le balayage sur 360 degrés des environs qu'il effectue ne lui apporte aucun nouvel élément. Il ne fait que contempler avec effroi le vide qui l'entoure.

Tous ceux qu'il connaît ou a connu sont probablement morts.

Tous les autres le sont peut-être, aussi.

Jamais de toute sa vie il ne s'est senti aussi petit.

Jamais de toute sa vie il ne s'est senti aussi impuissant.

Jamais de toute sa vie il ne s'est senti aussi seul.

Pourquoi a-t-il à subir pareil châtiment? Pour le punir de ses péchés? Il est vrai que la liste s'avère longue.

L'idée qu'il puisse à présent être le dernier Homme sur Terre l'étourdit et lui retourne l'estomac. À l'aide de vifs hochements de tête, Frédérick la chasse de son esprit. S'il y a quelqu'un qui ne croit plus depuis longtemps que Dieu ait un plan pour chacun, c'est bien lui.

Au moment même où l'eau les rattrape, Cloé et lui, la bruine qui les enveloppe se mue en une faible pluie.

Frédérick pousse un long soupir et presse Cloé contre lui. Son envie de lutter pour sa propre vie est aussi pâle que le soleil caché derrière l'épais rideau de nuages, mais le désir de sauver sa fille, lui, est aussi intraitable que la catastrophe qui s'est abattue sur eux.

Frédérick cherche à se relever. Il se meut avec l'impression de porter une lourde armure métallique. S'il ne ressent plus la douleur dans sa jambe cassée, c'est que l'entièreté de son corps souffre tout autant.

— Aie pas peur, ma belle. Papa traverserait un océan à la nage juste pour toi. J'te laisse pas tomber.

La vitesse à laquelle l'eau monte jusqu'à ses épaules est déconcertante. Terrifiante.

Même s'ils lui flambent toujours l'intérieur de la poitrine, les deux fourneaux qui lui servent de poumons répondent à l'appel dès l'instant où ils sont sollicités et s'emplissent d'autant d'air qu'ils le peuvent. Cela permet à Frédérick de demeurer à la surface au moment où ses pieds se détachent du toit de l'immeuble. Puis, ses membres se mettent à pagayer.

Les premières secondes sont intolérables; comme si chacun de ses muscles était percé d'aiguilles pointues. Est-ce que s'arrêter pour souffler était réellement une bonne idée? Peut-être que demeurer dans l'eau aurait été préférable à laisser croire à son système qu'il pourrait se reposer. Au moins, comme il n'a plus aucun objectif physique, Frédérick peut se contenter de faire du surplace, ce qui lui demande beaucoup moins d'efforts que de nager.

Loin à l'ouest, le soleil décline derrière les nuages au fur et à mesure que le temps s'écoule. Malgré la précarité de sa situation, Frédérick tente du mieux qu'il peut de réconforter sa fille, dont les pleurs gagnent en amplitude. La petite est affamée. Terrorisée. L'air, tout comme l'eau, se rafraîchie de façon drastique. Son cœur de père, craquelé de toute part, menace de se fragmenter. Nul supplice n'est plus cruel que celui de contempler sa propre impuissance alors que son enfant souffre. Combien de temps avant que quelqu'un ne les trouve? Combien de temps allait-il faire endurer à sa fille la faim et le froid?

Soudainement, l'alternative du marteau ne lui semble plus aussi barbare.

Au moment où le soleil est sur le point d'embrasser l'horizon, la jambe gauche de Frédérick l'abandonne. Après s'être attaqué à son corps, la fatigue prend d'assaut son esprit. À quelques reprises, plus que jamais sur le point de flancher, il s'enfonce brièvement sous l'eau, avant d'en ressortir en recrachant en chœur avec sa fille l'eau qu'ils ont ingurgitée.

Quelque chose dans sa poche se met alors à vibrer. Quelque chose dont il avait complètement oublié l'existence.

Son téléphone cellulaire est revenu à la vie. Il vient de redémarrer.

Animé par un regain d'espoir inespéré, il enfonce sa main libre dans sa poche et en ressort le sac Ziplock. Aidé de ses dents, il parvient à l'ouvrir et en ressortir l'appareil. Conscient qu'il s'agit sans l'ombre d'un doute de leur dernière chance de salut, Frédérick le manipule avec soin malgré l'énervement. À l'écran, la page internet déjà ouverte diffuse des images aériennes en provenance des quatre coins du monde. Ses yeux se gorgent malgré eux de séquences toutes plus terrifiantes les unes que les-autres. Des plans de L'Empire State building à New-York et de la tour Eiffel à Paris, dont seule la pointe émerge de l'eau, et un autre montrant l'endroit où devait se trouver Liberty Island, là où la légendaire statue a été engloutie elle aussi.

Le téléphone cellulaire glisse entre les doigts de Frédérick et disparaît dans la masse aqueuse.

Il n'y a plus personne.

Plus personne…

Peu importe le nombre d'heures, peu importe le nombre de jours ou de semaines qui passeront, Frédérick luttera en vain. Personne ne viendra à leur secours. Durant les minutes suivantes, il fond en larmes et serre Cloé dans ses bras. De tous les moments les plus improbables, la petite choisit celui-ci pour s'endormir dans les bras de son père.

La pluie cesse.

Du bout de l'index, Frédérick tire sur le collet de son chandail. Dans une série de gestes avenants, il glisse les petites jambes de sa fille dans l'ouverture, puis son minuscule corps, afin qu'elle puisse se coller directement contre sa peau. Le t-shirt se resserre sur eux et les lie fermement. Les lèvres de Frédérick viennent s'apposer de longues secondes sur la tête à peine velue de sa fille.

— Personne au monde a aimé quelqu'un aussi fort que moi je t'ai aimé. Papa s'excuse.

Il prend une longue inspiration, puis retient son souffle. D'une main, il vient appuyer un côté du visage de Cloé contre sa poitrine et maintient sa bouche fermée. Avec le pouce et l'index de l'autre main, il pince doucement les narines de sa fille. Avant qu'elle ne réagisse, Frédérick expulse tout l'air emmagasiné et se laisse sombrer.

Sous l'eau, tout est calme. Tout est paisible. Au-dessus de leurs têtes, la colonne de bulles d'azote atteint la surface à laquelle les rayons du soleil couchant confèrent une teinte safranée.

Les dernières pensées de Frédérick vont exclusivement à sa fille, qu'il étreint avec tout son amour, alors qu'ils s'enfoncent un peu plus chaque seconde dans les profondeurs de ce qui, il y a quelques heures à peine, était encore un ciel.

Vos humbles auteurs :

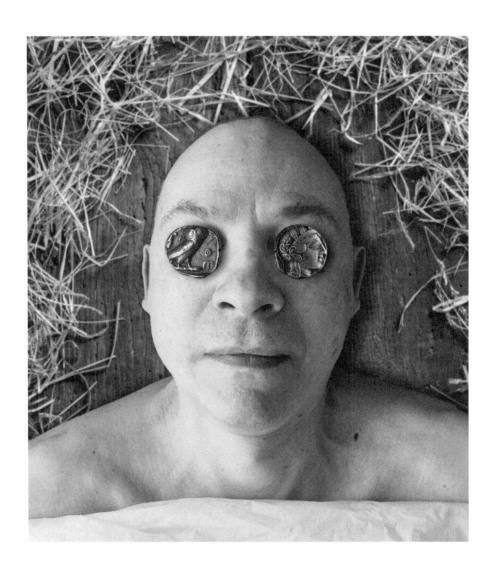

Oliver KrauQ

Date de naissance : 11 février 1970

Page Facebook : Oliver KrauQ

Roman fétiche : Marche ou crève (Stephen King sous le pseudo Richard Bachman).

Mot de l'auteur/remerciements : C'est avec un grand plaisir que je vous imagine avec ce recueil entre les mains. Je voulais vous en remercier et vous assurer que j'assume complètement les possibles insomnies que vous risquez d'avoir, ce sera la meilleure des récompenses.
Et surtout, n'oubliez jamais que le plus petit des objets, le plus anodins des ustensiles, gadgets, bidules, ou outils comme… un briquet (par exemple) peut se révéler la plus merveilleuse des bénédictions ou la plus infernale des malédictions.
Bonne et horrifique lecture !
(PS : Merci à David Bédard de m'avoir proposé l'opportunité de vous faire peur…)
*RIRE DÉMONIAQUE

Romans d'Oliver :

- Chroniques d'une Autre Réalité, Tome 1 : Premières Altérations (2017)

- Chroniques d'une Autre Réalité, Tome 2 : Cristallisation (2018)

- Chroniques d'une Autre Réalité, Tome 3 : Apocalypse (2019)

- Chroniques d'une Autre Réalité, Tome 4 : Malédiction (2021)

- Chroniques d'une Autre Réalité, Tome 5 : Nécromancienne (2021)

- Chroniques d'une Autre Réalité, Tome 6 : Le Loch (2021)

- Entomophobia (2021)

- Dhuis : le Destin d'un Vampire (2022)

- Esprits tordus T2 : Payez le passeur (2022)

Patrice Cazeault

Date de naissance : 25 novembre 1985

Page Facebook : Patrice Cazeault - auteur

Roman fétiche : Les Chroniques de l'Oiseau à ressort, Haruki Murakami

Mot de l'auteur/remerciements : Ouf ! Merci d'avoir lu cette nouvelle. J'y ai injecté mes angoisses des mois de février et mars 2022, mélangées à d'autres influences et à des morceaux qui gigotaient déjà dans mes neurones depuis un bon moment. Quand David m'a approché pour le projet, j'ai mis plusieurs mois à trouver la bonne idée. Finalement, la solution était si simple : écrire sur ce qui me cause de l'insomnie ! Un grand merci à tous les lecteurs, à mes collègues méga inspirants. Un merci spécial à mon team de betalecteurs : Riley, Marie-Michèle, Véro, Thaïs (beta sista 4 life!) et à Julie.

Merci surtout à David, dont l'énergie et la passion ramènent jusqu'aux fossiles à la vie !

Romans de Patrice :

- Averia 1 : Seki (2012)
- Averia 2 : Annika (2012)
- Averia 3: Myr (2012)
- Averia 4 : Chernova (2013)
- Averia 5 : Laïka (2014)
- Averia 6 : Kodos (2016)

- Blé : Sur la route (2014)
- Blé : Parce qu'on sème (2014)

- Prodiges : Laurence et la Pierre du Temps (2021)

- Conquérantes : Ching Shih – Reine pirate (2021)

 -Coyote, un Western Fantasy (2018)
- Chenko, un Western Fantasy (2019)
- Ysandelle, un Western Fantasy (2021)

- Esprits tordus V2 – Payez le passeur (2022)

- Le Gambit écarlate (2022)

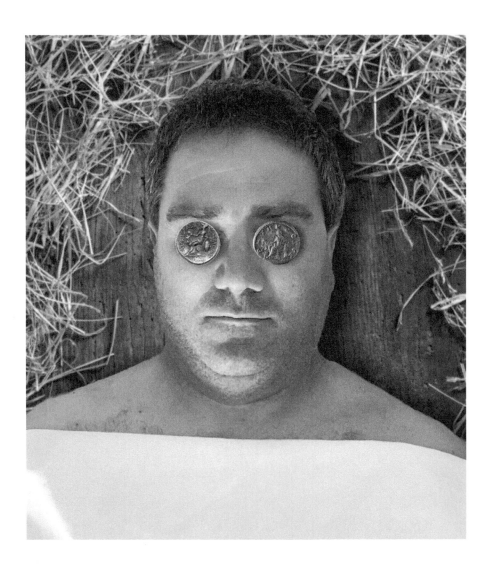

Sylvain Johnson

Date de naissance : 5 avril 1973

Page Facebook : Sylvain Johnson - auteur

Roman fétiche : L'accident (Dead Zone) de Stephen King.

Mot de l'auteur/remerciements : Bonjour lecteurs,

C'est à vous que va mon premier remerciement, parce que sans vous, honnêtement, notre métier serait ennuyant et bizarre en maudit. Vous nous permettez de réaliser nos rêves et cela n'a pas de prix.
Merci David Bédard d'avoir pensé à moi pour ce recueil en compagnie de ces autres écrivains que je respecte énormément. C'est un honneur de faire partie d'un tel groupe.
Merci à Émile Lafrenière pour la couverture et le montage photo. Merci aussi à Elisabeth Tremblay pour la direction littéraire. Elisabeth tu fais tellement pour les auteurs, tes compétences sont essentielles et grandement appréciées.

Bonne lecture à tous !

Romans de Sylvain :

- Le Monstre de Kiev (2018)

- La petite sirène (2018)
- Le joueur de flûte (2018)
- Cendrillon (2020)
- Casse-Noisette (2021)

- Sang de Cochon (2019)

- La perle Scandinave (2019)

- Nos Héros : fictions sur nos travailleurs :
Policier/Rhumatologue (2020)

- Roman dont vous êtes la victime :
Voisinage Infernal (2020)
- Roman dont vous êtes la victime :
Article 810 (2021)

- Un Dieu parmi les hommes (2020)

- L'Esprit des glaces – tome I (2021)

- Le Serviteur des Glaces – tome 2 (2022)

- Henry le garçon homard (2021)

- Survivras-tu aux ombres du sous-terrain (2022)

- Esprits tordus T2 – Payez le passeur (2022)

Éric Quesnel

Date de naissance : 9 juillet 1974

Page Facebook : Eric Quesnel auteur

Roman fétiche : Au-delà du mal de Shane Stevens

Mot de l'auteur/remerciements : Salut salut!

Je tiens à remercier David Bédard en premier lieu pour l'invitation. C'est un réel plaisir d'avoir une nouvelle dans ton projet de recueil. Un grand merci. C'est un honneur pour moi.
Merci aussi à ceux et celles qui ont ce livre entre les mains. Je vous souhaite une agréable lecture. J'espère que vous aimerez. N'hésitez pas à nous le faire savoir via notre messagerie ou sur les groupes de lecture. Ça fait toujours plaisir.
Merci aux collègues des autres nouvelles de ce recueil. Un plaisir de me retrouver avec vous. À Nadia plante. Toujours la première à passer sur mes écrits. Marie-Christine Bernier. Un grand merci pour ta rigueur et pour ton amitié. Merci de corriger pour moi depuis un certain temps déjà. Elisabeth Tremblay; Wow! Direction littéraire. Pertinent, enrichissant. Merci infiniment.

Romans d'Éric :

- Le Maître des énigmes (2017)
- Le Maître des énigmes T2 : Dites-leur que je vais tuer (2018)
- Le Maître des énigmes T3 : Vivre pour tuer (2019)
- Le Maître des énigmes T4 : Quiz

- Projet 666 (2019)

- Infos 24/7 édition spéciale

- Un funeste récit (2020)

- Les 35 doigts d'un démon T1 : Le commencement (2020)
- Les 35 doigts d'un démon T2 : La fin (2021)

- Wild West (2021)

- Derrière les arbres T1 (2021)
- Derrière les arbres T2 (2022)

- Profession ange-gardien (2022)

- Libération conditionnelle (2022)

- Esprits tordus T2 : Payez le passeur (2022)

David Bédard

Date de naissance : 2 juin 1982

Page Facebook : David Bédard - Auteur

Roman fétiche : Les Thanatonautes de Bernard Werber et la trilogie du Seigneur des Anneaux de J.R.R. Tolkien

Mot de l'auteur/remerciements : Merci à Émile et Elisabeth, les héros obscurs qui se cachent respectivement derrière la couverture et la révision éditoriale. Merci aux quatre autres amigos d'avoir accepté de participer à ce 2ieme volume. Vous êtes des auteurs et des gens que j'admire, et y'a un p'tit quelque chose d'irréel de voir mon nom avec les vôtres sur la couverture! Merci à nos fidèles lectrices et lecteurs. J'espère que le recueil vous a plu! Avez-vous eu des coups de cœur? Fait de nouvelles découvertes? En ce qui me concerne, je continue d'explorer différentes facettes de l'horreur. J'espère avoir réussi à vous faire vivre toutes sortes d'émotions, malgré l'absence de psychopathes et/ou de créatures meurtrières. Merci de vous intéresser à mes histoires! Je vous aime fort et c'est un plaisir d'écrire pour vous tous! ☺ À +

Romans de David :

- Minerun T1 : L'Enquête (2018)
- Minerun T2 : La Disparition (2019)
- Minerun T3 : Les Représailles (2021)

- Héros Fusion : Fourmi McCool (2019)
- Héros Fusion : Abra-Crab-Dabra (2022)

- Dead : Le plus nul des pirates (2020)
- Dead : Le plus nul des Vampires (2022)

- Les Fils d'Adam (2021)

- Aladin (2021)

- Esprits tordus T1 : Nulle part où se cacher (2022)
- Esprits tordus T2 : Payez le passeur (2022)

Printed in France by Amazon
Brétigny-sur-Orge, FR